毛毯猫租借中

ブランケット・キャッツ

重松清

林孟潔 譯

目次

花粉症的毛毯貓

1

基本契約期間為三天——三天兩夜。

「或許會覺得時間有點短。」

店長總會向剛簽完契約的客人這麼說，每次的語氣和表情都分毫不差，好像在幫底稿描線似的。

「但超過三天就會產生感情，貓咪反而會陷入焦慮，以為是不是回不來了。這對雙方都不是一件好事。」

不能把貓咪買回去，要租借同一隻貓，原則上也得相隔一個月以上的空檔，否則不會受理。

「終歸到底，就是租借。」

向客人叮囑時那種平穩卻不容分說的嗓音，也一如往常。

價格算不上便宜。三天的租金加上好幾倍的訂金——都可以在店長本業的寵物店輕鬆買下一隻血統純正的小貓了。

但申請依舊絡繹不絕。七隻貓咪都是剛從租借處回到籠子，只過一到兩晚就要去下一個新家待上三天。

租借時會附上貓砂盆和貓糧，這是為了避免貓咪吃到非寵物店準備的食物。店長特別交代，絕對不能讓貓咪吃下洋蔥、鮑魚和帶骨雞肉。

「洋蔥對貓的血液有毒性，可能會讓紅血球遭到破壞而貧血。鮑魚會讓貓耳紅腫，嚴重時會引發皮膚炎，放著不管會導致患部脫落。雞骨咬碎後會產生縱向裂痕變得尖銳，刺傷喉嚨或內臟就麻煩了。」

有些客人會做筆記，有些客人會一臉驚訝地給出反應，有些客人只是默默點頭，有些客人覺得「不必你提醒我也知道」，左耳進右耳出……反應各不相同，就表示每位顧客的養貓經驗都不一樣。

遇上第一次養貓的客人，店長也會二話不說同意租借，但會用有些嚴肅的口吻再三叮嚀。

「千萬不要跟貓一起睡，務必讓貓咪在這個貓籠裡睡覺。也一定要讓鋪在貓籠裡的毛毯維持原狀，絕對不能因為毛毯髒了就拿去洗。」

貓咪不喜歡環境變化。

反覆租借的行為，對普通貓咪會造成極大壓力。

「所以……」

店長用既定的表情和聲音說出那句既定台詞。從頭開始說明至此的時間，或許也總是分毫不差。

「就要靠這條毛毯。」

七隻貓從出生後就一直在這幾條毛毯中輪流入睡。只要有小貓時期陪伴至今的熟悉毛毯，不管到哪裡都可以睡得安穩。

「喏，以前的漫畫經常會有旅行時把家裡枕頭塞進行李的場景吧，道理是一樣的。」

店長哈哈笑了幾聲，連笑法都跟平常相同。

即使是現在——也一樣。

「那就將貓咪交給您，麻煩您了，請好好疼愛牠。」

店長將放在櫃檯上的貓籠交給客人。

跟店長差不多年紀——大約四十五歲的客人，神情緊張地將貓籠抱在胸前。

「沒關係，提著也可以。」

「喔……不好意思。」

「沒事，您不需要道歉。」

店長第一次露出非制式化的笑容。

客人也重新提起貓籠，帶著苦笑回答。

「不好意思，這是我有生以來第一次養貓……」

「別擔心，牠很乖又親人。您可以從這個窗格看看牠，呆愣的樣子真的很可愛呢。」

乖乖照做的客人提著貓籠彎下身，從側開的小窗格觀察籠內。

跟貓對上視線。

如店長所說，裹著米色毛毯的貓一臉呆愣地看著他。

三花貓——這是應客人的要求。

「……好可愛啊。」

「對吧？」店長滿意地點點頭。「牠現在一歲，還有一些小貓的稚氣，也有成熟穩重的一面，是最可愛的時期。」

客人也輕輕點頭，又往貓籠裡看了一眼。

貓咪又看過來了。

還用微弱的聲音「喵」了一聲。

客人抬起頭對店長說：「那個，不好意思……還沒問牠叫什麼名字呢。」

店長露出「原來是這件事啊」這種輕描淡寫的反應，反過來問了一句：「您覺得該怎麼叫牠呢？」

「什麼意思？」

「就是這隻貓的名字呀。您可以隨意幫牠取名，只要多喊幾次，牠就會馬上記起來。」

「是嗎？」

「是啊，畢竟這孩子很聰明。」

說到這裡，店長又補了一句：「而且，您應該還是想親自幫牠取名吧？雖說只有三天，但難得都變成自己的貓了。」

店長笑著說「對吧？」，並看向還沒輸進電腦的租借申請書。

「您是石田先生吧。從今天開始的這三天，這隻貓就是石田家的一分子了，所以幫牠取個好名字吧。」

「那個……牠在這間店叫什麼名字？」

「三花，就是三花貓的三花，因為在這裡費心取名也沒什麼意義。總而言之，請跟太太和孩子討論一下，取個適合家族的名字吧。」

店長說完的同時電話響了。跟接起電話應答的店長點頭致意後，石田紀夫就離開店面。

他往停在停車場的車走去，中途回頭又看了看店面招牌。

在常見的寵物店招牌旁邊寫著「貓咪租借服務」，「貓咪」這兩個字上頭還有些擁擠地塞了一行英文。

Blanket Cats——

在網路上搜尋和走進店裡的時候，他都不懂這是什麼意思，如今才恍然大悟。Blanket就是毛毯，硬要翻成中文的話，應該是「毛毯貓」吧。

貓籠提起來比想像中還要重。紀夫再次踏出步伐，並小心不讓貓籠搖晃。

高遠又遼闊的藍天有種朦朧感，群山稜線宛如暈染般變得模糊。

春天——昨天在西日本各地都觀測到沙塵。

飛越日本海而來的中國大陸沙塵還沒吹到東京，今晨卻發布了柳杉花粉警報。

東京郊外附近的山上全是人工種植的杉木林。紀夫沒有花粉症的困擾，但每到這個季節就離不開口罩的同事說，嚴重的時候甚至能清楚看見花粉在空中飄蕩。

喏，以前的妖怪漫畫不是有類似的劇情嗎？工廠排放的煙霧化為人形攻擊人類……真的是這種感覺。

如果把這個人帶到這裡，他會是什麼表情呢？

紀夫露出苦笑，貓籠裡就傳來微弱的噴嚏聲。

貓也會打噴嚏嗎——？

是花粉症嗎——？

紀夫心想「怎麼可能」，並打開後座車門。

將貓籠放在後座座椅下方後，紀夫對貓說：「馬上就到了喔。」

貓又打了個噴嚏代替回答，不是人類那種「哈啾！」的噴嚏，而是「咻、咻」這種宛如物體摩擦的氣息聲。

「你真的有花粉症嗎？」

紀夫驚訝地說。

貓只是瞇細雙眼，不停發出「咻、咻」的噴嚏聲。

沿著高速公路行駛，彷彿橫越都心後，紀夫來到了千葉新市鎮。週六下午的首都高速公路空蕩到讓人掃興的程度，早上碰上車禍塞了將近兩小時，回程加上休息時間卻花不到一小時。

紀夫在離家最近的車站停好車，用手機打給妻子有希枝，原以為她還在家裡，有希枝卻說：「天氣這麼好，我沒事做，就出來閒晃一下。」為了打發等待紀夫的空檔，她現在剛走進站前的咖啡廳。

「那我過去吧。」
「可以把貓留在車上嗎？」
「那怎麼行，一起帶過去就好啦。」
「可是把寵物帶進餐廳不太好吧？」
「放在貓籠裡也不行嗎？」
「不知道耶，我去問問店員吧。」
電話切換到等候音樂。
紀夫整個人躺進座椅椅背，無奈地嘆了口氣。
雖然只有三天兩夜，但紀夫和有希枝都是頭一回養貓，連飼養動物的經驗都沒有。
果然還是太衝動了吧——紀夫有些退縮時，音樂忽然中斷。
「店員說不能讓貓跑出來，但放進貓籠就沒關係。」
「這樣啊，那我馬上過去。」
掛斷電話後，紀夫轉身看向貓籠。待在那麼狹窄的空間裡，貓卻始終乖巧安靜，離開寵物店後不斷傳來的噴噓聲，也不知不覺停下來了。是店長教得好嗎？還是原本個性就如此？因為想睡覺？還是……

紀夫頓時有些緊張，下車打開後座車門提起貓籠，貓籠就「喀沙喀沙」晃個不停，裡頭還傳出「嗚呀」的嘶啞叫聲，像是在抗議他的動作太過粗魯。

「……還活著嗎？沒事吧？」

紀夫如釋重負地將貓籠放回後座座椅上，又嘆了一口氣。這三天真的能順利嗎？

「麻煩你在裡面再忍一忍喔。」

紀夫對貓這麼說，並打開貓籠的蓋子，心想至少讓空氣流通一些。他繃緊身子心想「跑出來的話可不會讓你逃跑喔」，貓卻乖乖裹在毛毯裡。

他想起店長說過的話。

「只有完美優秀的小貓才能成為毛毯貓」——雖然不知道被借來借去對貓來說算不算榮譽，但牠確實不是驕縱任性的貓咪。

他還想起另一句話。

「請跟太太和孩子討論一下」——店長說貓的名字由他們來取。

紀夫將貓籠蓋子關上。

他對看不見身影的貓說了聲：「媽咪在等你喔。」卻又疑惑地心想「不對，應該叫有希枝『媽媽』才對吧」。

那我就是「爸爸」吧。如果是兒子來叫的話，「老爸」應該也可以。

隔了這麼久，貓又打噴嚏了。

咻、咻、咻，連續三次。

「你真的得了花粉症吧。」

咻、咻。

「一定是花粉症啦。」

咻、咻、咻、咻。

「……只有這一點跟媽咪很像啊。」

紀夫輕聲低喃，並將差點跟聲音一起發出的嘆息吞了回去。

坐在窗邊座位的有希枝看到紀夫後，就拿下口罩戰戰兢兢地深呼吸。吸氣，吐氣，讓鼻翼動了動，才終於露出安心的笑容。

「狀況還好嗎？」

紀夫將對面椅子拉開並隨口問道，有希枝也回答：「剛剛覺得有點癢，現在應該沒事了。」

「今天的花粉好像很嚴重啊。」

「嗯，電視新聞也這麼說。要是我去接小貓，應該會很慘吧。」

有希枝小心翼翼地用雙手接過紀夫遞出的貓籠放在旁邊座位上，輕輕摸著蓋子用溫柔的嗓音說：「你好呀，請多指教。」

貓的噴嚏聲又不知不覺停下來了。

「好想趕快看看牠呀，但又覺得有點害羞。」

「牠很可愛喔。」

「是三花貓吧。」

「嗯，說是一歲的母貓。」

「居然是母貓嗎？」

有希枝有些意外——也有些歉疚地問：「公貓不是比較好嗎？」

「沒這回事，而且三花貓都是母貓。」

「是嗎？」

「是啊，聽說公貓的染色體不可能同時存在紅毛和黑毛的基因。偶爾會因為染色體異常生出公貓，但機率頂多只有千分之一，外表看起來是公貓，實際上卻不是。」

「……什麼意思？」

「沒有生殖能力啊。」

紀夫說完，就將目光移向窗外，正好有位母親帶著年幼的孩子從店家前的步道走過。

「跟我一樣。」

本想用輕描淡寫的語氣帶過，聲音卻有些顫抖。

有希枝也沒有回答。

2

他們將連接客廳的三坪和室當成貓的房間，採光良好，也沒有擺放家具，所以十分寬敞。就算貓用爪子抓撓榻榻米、紙拉門或障子門……「這點小事應該沒差吧。」「對呀。」兩人也決定事先接納這個結果。反而比較擔心貓會不會排斥不熟悉的和室榻榻米氣味。

昨晚有希枝說：

「如果小貓討厭和室的話，就來我房間吧。」

紀夫回答：「應該來我房間吧，有希房間裡有化妝品的味道。」

「你要這麼說的話……」有希枝嘟起嘴唇埋怨道：「阿紀房裡的菸臭味才可怕吧。」

「我已經買消臭噴霧了。」

「啊，太狡猾了。那我房間也噴一點就行了吧。」

紀夫帶著苦笑點點頭。他從一開始就知道有希枝會有這個反應才這麼說，只是故意想要壞而已。

「唉呀，反正只有三天兩夜而已。」

紀夫的表情和語氣都冷冰冰的，其實是想聽有希枝對他說「真是一點都不可愛」才故意這麼做。

結果有希枝反而——像小孩一樣興奮激動。她可能也是故意的吧。

「欸，我可以馬上抱小貓嗎？」

「可以吧，這隻貓好像真的很親人。」

「我還買了逗貓棒呢……牠會玩嗎？」

「應該會吧，牠是貓耶。」

「可以一起睡覺嗎？」

很可惜——不能一起睡覺。官方網站上寫得很清楚，毛毯貓顧名思義，就是因為出生後就一直裹著熟悉的毛毯，才能租借給各式各樣的家庭，所以絕對不能讓貓離開毛毯。

聽了紀夫的說明，有希枝神情有些失落，但還是馬上打起精神抬起頭來。

「那……我去和室就可以了，對吧？我會睡在小貓的床旁邊，這樣可以嗎？可以吧？」

有希枝這麼說，語氣相當興奮，激動得滿臉通紅，雙眼還閃閃發光。

「……隨便妳。」

紀夫答得有些冷漠，傻眼至極地把臉轉開，否則他也會忍不住跟著激動起來。

不是因為貓來家裡而開心。

是因為迎來貓咪的有希枝如此興高采烈而開心。

好久沒有看到有希枝無憂無慮的笑容了。

現在在和室跟貓咪玩耍時，她也露出了同樣的笑容。

唯有一點不同，有希枝不再用「小貓」稱呼貓咪，已經幫牠取好名字了。她雖然有些顧慮地問：「可以嗎？真的可以讓我一個人取名嗎？」但把貓咪從貓籠抱出來之後，她就毫不考慮地說：

「你好呀！小安！」

紀夫還以為這名字是取自於《紅髮安妮》，結果不是。

「也是有點關係啦，但小安只是小名而已，真正的名字是ＡＮＪＵ。」

有希枝讓小安坐在大腿上，摸摸牠背上的毛這麼說。

「是《安壽和廚子王》的安壽嗎？」

有希枝笑道：「真是的，幹嘛非得取那種悲劇女主角的名字呀。」——說得也是。

ＡＮＪＵ寫成漢字的話是「杏樹」。

「女孩子的姓名筆畫要三十三畫是最好的。我們的姓氏筆畫很少，所以很難取呢。」

石田杏樹。

紀夫在空中邊寫邊數，原來如此，確實是三十三畫。

「我的名字是三個字，所以同樣取三個字的名字也不錯，但這樣阿紀就太可憐了。」

有希枝看著貓的臉說了聲：「對不對～？」笑得十分愉悅。

午後陽光溫柔地灑進障子門敞開的和室，抱著貓咪——小安的有希枝就坐在融合了淡黃色的光線當中。

「這隻貓真的很溫順呢。」

「是啊……」

「感覺好像很～久以前就住在我們家一樣。」

「嗯……」

「怎麼了？」

有希枝腿上的小安跟她一起轉頭看向紀夫。「你在生氣嗎？」——連呆愣的表情都一模一樣。

紀夫將眼神別開，回了一句「沒有啊」。

「但你心情忽然變差了吧？」

「就說沒有了。」

「難道是忍不住想早點抱抱小安？」

有希枝語帶調侃地這麼說，接著將小安抱在胸前說：「才不給你～」

小安的鼻子發出「咻」的一聲。

又打噴嚏了。

咻、咻、咻……又打了三次。

第四次是有希枝的噴嚏。

「被小安的噴嚏傳染了。」

陽光中透出了她的笑容。

紀夫急忙看向時鐘，彷彿不敢看那抹虛幻的笑容。

「我出去一趟。」

「你要去哪裡？」

「隨便買點貓咪的玩具，寵物店裡也放了很多類似攀爬架的東西。還是要有這些東西比較好吧。」

只有三天兩夜而已，太浪費了吧——但有希枝沒有這麼說。

「要不要帶著貓跟我一起去？」紀夫試著開口邀約。

「唔……」有希枝有些猶豫地想了一會，但還是說：「算了，我跟小安留在家裡吧，一起出門還是有點丟臉。」

這哪是什麼丟臉的事——但紀夫沒有這麼說。

「欸，阿紀，不是有年輕媽媽要第一次帶小孩去公園玩的說法嗎？就跟那種感覺差不多。」

紀夫沉默不語，帶著苦笑歪了歪頭。

迅速做好外出的準備後，紀夫朝和室說了聲：「那我去去就回。」有希枝也用帶著幾分溫潤的輕柔嗓音回答：「好，路上小心～」

小安也叫了一聲，拖著長尾音的叫聲就像在撒嬌一樣。

有希枝說：「唉呀，小安也知道嗎？真厲害呀。」紀夫不知道她此刻是什麼表情，沒有再看和室一眼，就逃也似地走出家門。

紀夫開車前往鄰近的百貨賣場，在車裡菸抽了一根又一根。不是想嘗菸味，只是渴望咬濾嘴的口感。

他對自己說「別擔心」，還輕斥自己「你就是太愛操心了」。

沒什麼好擔心的，好幾天前就期待不已的貓終於到家裡來了。真的好久沒看到有希枝那麼開心了，不是嗎？

我呢……他忽然反思自己。今天我覺得很開心啊。

通常週末都是安安靜靜地過。他們都不是特別木訥的人，但跟一大早就有孩子在家裡跑跳的其他家相比，他們家就像沒人在家一樣安靜。貨運配送員按電鈴後，只要稍微慢個幾秒才去應門，配送員就會直接留下招領通知單，這種事發生過好幾次。

三房兩廳，兩個人住綽綽有餘，應該說太寬敞了。只要兩人都窩在各自的臥室裡，七十平方公尺大的住家，就有一半以上會變成毫無人煙的空間。

他們之間沒有孩子。

正確來說，是生不出孩子。

原因出在紀夫身上。雖然行房無礙，但紀夫的精子極度稀少，生命力也很薄弱。

這件事是在三十五歲前接受不孕症治療第一天發現的。懷孕的可能性並不是零，卻無限趨近於零。

說不沮喪是騙人的。

但不管再怎麼沮喪，這也已經是無可奈何的事實。

只能轉換心情了。

這樣也好吧——

他在三十幾歲的時候是這麼想的，並不是因為逞強。

可如今兩夫妻都快四十歲了，開始覺得這股安靜漸漸轉變成寂寞，有時也會覺得統一成黑白色調的客廳擺飾透出幾分寒意。

今年正月，有希枝看了朋友寄來的賀年卡，忍不住紅了眼眶。

那位朋友每年都會將印上全家福的賀年卡寄給他們。在事先印刷的樣板問候語下方，有一行手寫的文字。

「我們家老大今年四月就要上國中了。像猴子一樣的嬰兒居然長這麼大了，讓人感慨萬千啊！」

稀鬆平常的近況報告，就這麼冷不防地刺進有希枝心裡最柔軟的地方。

「看到自己的孩子長大時，到底是什麼心情呢？」

有希枝眨了眨溼紅的眼眶這麼說。「一定非常開心吧。」下一句話剛說完，眼淚就滑落她的臉頰。

這種寂寞只要感受過一次，就再也不會消失。困住兩人的並不是此刻的寂寞，而是「只有夫妻二人的寂靜時光要持續一輩子」這種未來的寂寞。

紀夫其中一位朋友曾說：「小孩只會添麻煩而已，把房間弄得亂七八糟，又吵個不停。」

其他朋友也說：「沒有親屬要扶養是再好不過的事。」

更有其他朋友說：「小孩子就是人類的未完成型態吧？光看就覺得煩死了，何苦非得要照顧他們啊。」

在有希枝的朋友中，有人說：「夫妻是選擇了彼此才結婚，但親子無從選擇。」也有人說：「小孩這種東西，沒必要特地辭掉工作生育吧。」

當面聽到這些話時明明都能聽進去，現在卻不一樣。就像撲克牌或黑白棋翻盤那樣，「有小孩的父母抱怨」變成了「對無子夫妻的安慰」。他們一定會說「你們想太多了」吧。她們一定會生氣地說「拜託，別惡意曲解我說的話」吧。

這一兩年，紀夫和有希枝都沒有找朋友來家裡坐坐，也很少去朋友家拜訪。人際關係漸漸惡化。

本就安靜的週末，變得更加寂靜冷清了。

大概在一個月前，紀夫提議：「來養寵物吧。」有希枝也立刻回應：「要養的話，我比較想養貓。」現在住的分售公寓不能養寵物，真的要養貓就必須搬家。這個家是在泡沫經濟時期——還沒接受不孕症治療時，以未來會變成一家三口或四口為前提，才以高額買下的。

中古公寓的市場相當冷清，不確定能不能找到買家，就算成功賣出，這筆錢也很難還清剩下的房貸吧。

有希枝卻果斷地說：「有什麼關係，錢總有辦法解決啊。」所以他現在才會在房仲和寵物店之間兩頭跑。

為了安撫有希枝——他決定先跟貓一起生活幾天看看，再來決定以後的事。

所以小安就來家裡了。

有希枝臉上也久違出現純真的笑容。

這樣不就好了嗎？

紀夫心想：在百貨賣場買完貓咪玩具後，就順便去找房仲評估公寓的賣價吧。

他在賣場裡有些茫然。

不是考慮買不買的問題，老實說，他有點驚訝。

紀夫眼前擺了好幾種貓跳台，將近兩公尺高的圓杆上捲著磨爪用的麻繩，還附帶類似鳥巢的小房子、踏板和台階。這種東西只要小安租借到期就沒地方可用，不對，就算搬家後真的決定養貓，這種廉價的粉藍色調也太難看了。

把這種東西放在家裡，會徹底破壞原本的氣氛……

紀夫滿臉驚訝地詢問賣場店員，是否有黑白色調的貓跳台。

店員毫無歉意地回答：「沒有。」紀夫用些許挖苦的語氣反擊：「那你們就只有這種小孩子的顏色嗎？」店員還是用「貓就喜歡可愛的顏色」這種隨便的理由閃避他的疑問。

紀夫有些氣惱地離開店員後，再次看向貓跳台。

充分展現出木紋的塗裝，帶著曲線的設計，太過鮮明的色彩……紀夫正覺得跟某個東西有點像，才想到是大概十年前偶爾會往來的朋友家中的小孩玩具。

那位炫耀家裡有兩百多片日本老搖滾和民歌黑膠唱片的朋友，居然把唱片櫃讓給了兒子收集的什麼超合金機器人。「有小孩之後就沒辦法了，凡事都以孩子為中心」——當時朋友如此埋怨，臉上表情卻帶著幾分滿足。

原來如此啊。明白這種心情後，紀夫把剛才那位店員叫過來。

「給我那個粉紅色踏板跟小屋的貓跳台。」

他指著那些東西笑著說：「我要直接帶回去。」

3

數位相機的記憶卡轉眼間就滿了。

看到有希枝抱著小安換了另一個姿勢，紀夫苦笑著說：「等我一下，得先把之前拍的照片傳進電腦才行。」

「已經滿了嗎？」有希枝驚訝地說：「相機會不會壞掉呀？」

紀夫有些無奈，苦笑又加深了幾分，隨後又指著牆上的時鐘說：「看看時間吧。」

「天吶，已經八點多了……」

「對啊，我都快餓扁了。小安也餓了吧？」

紀夫故意將手放在胃部這麼說，有希枝卻沒理他，而是抱起小安說：「原來小安肚子餓啦？對不起喔。」

小安有些難受地伸長脖子，卻沒有逃開，而是乖乖被有希枝抱著。剛剛那一個多小時都被放在有希枝腿上無法自由活動，但不知是毛毯貓有受過這種教育，還是這隻貓特別乖，總之牠真的很好帶。

紀夫吃了有希枝傍晚時快速事先做好的晚餐，小安則吃貓糧。有希枝有些遺憾地說：「好想讓小安吃我親手做的食物喔。」但店長嚴格交代只能吃寵物店準備的貓糧。要是在不同的租借處吃了分量或等級不一的食物，貓很快就會搞壞身子。

紀夫偷偷瞥向正在吃飯的有希枝，發現她臉上帶著和藹的笑容。她的眼神好溫柔，說出口的每一句話都充滿暖意。以前他們單獨度過週末時，有希枝有過這種表情嗎？

「吃完晚餐要不要去外面走走？」

「帶小安去嗎？」

「嗯，我覺得要讓牠呼吸一下外面的空氣。」

「狗是一定要帶出去散步，但貓需要嗎……」

紀夫又緊接著說：

「而且被人看到我們帶著貓就完蛋了。」

這間公寓禁止飼養寵物。

隨後——他又補上一句。

「而且有花粉症。」

「我沒事啊。」

「……我是說小安。」

不知是花粉症還是過敏性鼻炎，小安的噴嚏症狀一直沒有好。沒事的時候沒事，但只要一打噴嚏就會持續好一陣子。

「但室內的灰塵也會讓人打噴嚏啊，這樣反而該呼吸外面的空氣吧？」

有希枝盯著在地上吃飯的小安說：「小安也想去外面對不對？」

小安抬起眼神看向有希枝。有希枝用甜美的嗓音模仿貓叫聲後，小安也「喵～」地應了一聲。

「看吧。」有希枝開心地笑了。

紀夫心想「這也太狡猾了吧」，隨後又露出敗給她的苦笑。他以前——從來不會露出這種難為情的苦笑呢。

得知生不出孩子後，兩人就約法三章。

「沒辦法成為『父母』，就表示我們無法進行生物的結合，只有『夫妻』這種社會上的契約。」

有希枝這麼說。這理論有些不切實際，但紀夫能聽懂她的話中含意。

「無法進行生物結合的兩人，要一輩子住在同個屋簷下，就需要先考量各方面的問題。」

不過度干涉——所以他們分房睡，房間各自上鎖。

家計基本獨立——所以他們為生活費辦了新帳戶，每個月都從薪資轉入同樣的金額。

不設限「丈夫」或「妻子」的責任，尊重彼此的個體——這就是他們用「有希」和「阿紀」稱呼對方的原因。有希枝在工作上沿用舊姓，公寓也掛著兩人同尺寸的姓氏門牌。

「簡單來說，就是最大限度尊重對方的自由……否則兩人生活一定會遇到瓶頸。」

紀夫也明白有希枝這句話想表達什麼，也覺得她說得沒錯。

可是……

「不覺得尊重對方自由，反而很不自由嗎？」

有時候——他很想將這句話說出口。

他不敢保證自己能用百分百的玩笑口吻說出這句話，因此始終沉默。

在醫生宣告幾乎不可能懷孕的那天起，他們已經超過七年沒有吵架了。快要吵起來的時候，他們會不約而同選擇讓步。紀夫不想吵架，老實說，他真的不敢這麼做，他覺得有希枝一定也是如此。

兩人生活中一旦發生衝突，不但沒人居中調停，沒人替自己說話，沒人批評「其實是你不對」，甚至連可以抱怨的對象都沒有。

「兩人」很輕易就會被拆分成「一人」和「一人」。「孤獨的人」和「孤獨的人」是以「尊重彼此自由的好夥伴」的立場，才會有所連結。

可是這跟「夫妻」似乎又不太一樣……

最近紀夫偶爾也會思考這種事。

他們讓小安在夜晚的公園玩耍。
但小安沒有像狗那樣追著飼主跑，或是把飼主丟出去的飛盤咬回來。從貓籠裡出來後，牠就逕自衝向廣場外的樹叢跳進去，僅此而已。
「沒問題吧？牠真的會回來嗎？」
「啊啊……店長說只要有毛毯，牠就一定會回來。」
「要是能看到牠玩耍的樣子就好了。」
有希枝有些沮喪地坐在長椅上，輕輕嘟起嘴唇說：「感覺牠跑出去的時候毫無留戀。」
「貓就是這樣啊。」
「是沒錯啦……如果牠能表現出一點點感激或討喜的模樣就好了。」
她說剛剛在家裡拍照時也是這樣。雖然會乖乖讓有希枝抱著擺姿勢，但小安似乎不太開心。
「哪有這回事。」
「光看不會懂啦，但抱著就能確實感受到：啊啊，這孩子只是基於情面才會配合我。」

「妳想太多了吧。」

「真的啦，是阿紀太遲鈍了吧？」

樹叢裡傳來小安「咻」的噴噓聲，距離比想像中還要近。

咻、咻、咻、咻……

接連不斷的噴噓聲，跟枝葉摩娑聲重合後逐漸淡去。

「小安說不定在聽喔。」

紀夫半開玩笑地這麼說，有希枝也故意聳肩表示：「那就糟啦～」

「但之後怎麼辦？」

「什麼？」

「還是別養貓了吧？」

「哪會，我想養。」

「養狗比較好吧，討喜又可愛，還會乖乖聽飼主的話。」

「就說我沒辦法養狗了。我還要工作，沒辦法帶牠去散步。」

這倒也是。

說到底，之所以選擇貓當寵物，就是因為貓不用費心照顧，可以放任不管。如果用有希枝喜歡的說法，就是貓比狗更「自由」。

「欸……阿紀。」

「嗯？」

「你有覺得我最近變得比較任性嗎？」

面對突如其來的提問，紀夫一時間答不上來。雖然給出「沒這回事」的答案，卻也因為隔了些許空檔變得不太自然。

有希枝沒有再多說什麼，只是望向被雲層覆蓋的朦朧夜空。

又聽見小安「咻、咻」的噴嚏聲，牠已經跑很遠了。紀夫心想：難得來公園一趟，應該讓牠在更大的地方玩耍。這就是小安的「自由」吧，思及此，紀夫不禁苦笑。

「我覺得自己變任性了。」

有希枝仰頭望天如此呢喃。說完「不論工作還是其他方面」後，又語帶嘆息地說：「煩心的事越來越多……」

年輕人亂七八糟的敬語讓她聽得煩躁至極；年初負責的新客戶課長很愛抖腳，讓她看了就煩；不知是不是軟體不相容，電腦忽然變得很容易當機，讓她火冒三丈；沒辦法忍受同公寓的綠川太太偷偷將廚餘混進不可燃垃圾裡；下班回到家後，聽到綠川那群人在大廳大聲聊天，也讓她精疲力盡……

「這樣不算任性吧。」

聽紀夫這麼說，有希枝也認同表示「只是找不到適合的形容」，隔了一會才修正說法。

「應該說，不如意的事越來越多了。」

她又接著改口。

「是我對不如意的事太過敏感嗎？還是抵抗力變差了……啊，對了，應該是免疫吧？我好像越來越沒辦法免疫了。」

以前根本不會放在心上的事，如今卻耿耿於懷。以前能用「無所謂」一句話帶過的事，如今卻沒辦法接受了。

紀夫隱約能明白她的感受。

也覺得或許就是如此。

兩個成年人的同居生活，基本上不會出現不如意的狀況。他們會嚴格遵守家規，沒有人來妨礙。想靜一靜的話，不管要安靜多久都行。夫妻倆開心促膝長談時，也不會有人來打斷話題。

這種生活真是乾淨清爽啊。

不只是室內氛圍或品味方面，就連生活本身都比那些被傻孩子搞得團團轉、忙著照顧同住長輩、被鄰里關係耗到精神衰弱的同事和朋友「乾淨」多了。

可是太過乾淨，只要一點點細菌入侵就會立刻將身體搞垮。同理可證，或許現在的「乾淨」生活根本不堪一擊。

「那妳為什麼想養貓……」

有希枝輕輕點頭，打斷紀夫的話。

「一方面是單純覺得貓很可愛，但該怎麼說呢……喏，就是想找個必須認真照顧，嘴上說著『真傷腦筋』卻還是非得細心照料的東西。」

「……如果那個東西還能長大，那就更好了？」

有希枝再次點點頭說：「是啊。」

這次換紀夫抬頭看向夜空，輪廓模糊的半月懸在低空的位置。不同於冷冽凜冬的夜空，春天的夜空就像蒙上一層薄紗般，充滿朦朧感。

紀夫將湧上心頭差點說出口的那句話悄悄吞了回去。

是想當成孩子的替代品吧——？

這應該就是正確答案。

因為是正確答案，所以不能說。

兩人並肩坐在公園長椅上的時光，也是一種「乾淨」的生活。

過了將近三十分鐘，小安還是沒有回來。時不時會傳來讓人想起牠的噴嚏聲，所以牠應該還在樹叢裡，卻完全沒有要回來的意思。

「吹口哨叫牠的話……這是狗的方法吧。」

有希枝笑得有些無奈，並將外套領口收緊。

白天還熱到會流汗的程度，入夜後氣溫就下滑了。

紀夫說：「妳可以先回去啊。」

「沒關係。」

有希枝回答後，接著又說：「這樣太沒用了吧，我們想回去就回去，貓怎麼會明白這種事呢？」

「欸，有希。」

「咦？」

「還是不要養貓吧，應該會很辛苦喔，每件事都沒辦法稱心如意。」

有希枝發出一陣低吟，頭部動了幾下，看起來不像點頭也不像搖頭。

「而且……」

紀夫還沒說出下一句話，樹叢就傳出「喀沙喀沙」的巨大聲響，還有聽起來像「嗚嘰」的短促叫聲——感覺是其他更小的動物的叫聲。

「剛剛是小安嗎？」

「不知道……」

兩人起身離開長椅，轉頭看向樹叢時，小安緩緩走了出來。

嘴上還叼著一隻老鼠。

有希枝嚇得倒抽一口氣，整個人癱坐在長椅上。

4

有希枝不敢再抱小安了。

「牠又沒吃下去。」

紀夫帶著苦笑說：「把老鼠抓來玩，對貓來說是再正常不過的事。」——還輕輕撫摸進入貓籠的小安的頭說：「對不對？」

「是沒錯啦……但實在很難相信……我都快吐了。」

有希枝嚇得渾身發麻，甚至別開臉不敢看貓籠。

紀夫又摸了摸小安的頭，原本浮現在臉上的苦澀也漸漸滲入心坎。

「貓又不是娃娃或玩具，也會大便或生病啊。」

「我知道啊。」

「而且……」

「什麼？」

「最後也是會死。」

有希枝還是將臉別向一旁，像鬧脾氣的孩子那樣點點頭說：「我知道啦。」

紀夫默默關上貓籠的蓋子。

其實還有一句話想說，但他省略了。

貓也會生孩子——

他覺得這句話是大忌。

「回去吧。」

紀夫提起貓籠這麼說後，在貓籠裡裹著毛毯的小安就發出「咪～」的叫聲，彷彿在代替有希枝回答。

「回去吧，有希。」

紀夫開口催促，並加快腳步往前走，有希枝也默默跟在後頭。

從公園慢慢走到家只需要五分鐘左右，感覺就像住宅區的建築擋在前方一樣。週末夜晚——路上沒有來來往往的人影，但住宅區的每一扇窗都亮著燈。

途經的公告欄貼著招募少年棒球隊員的海報，旁邊則是訴求「將乾淨的地球留給下一代」的環保宣傳海報。

「把小安還回去之後要怎麼辦？」

走著走著，紀夫向有希枝提問。

「……什麼意思？」

「要養貓嗎？」

不管怎樣都好，他決定尊重有希枝的決定。

隔了一會，有希枝給出「我不知道」這個答案。

「貓可是很任性的喔。」

紀夫笑著說。有希枝要怎麼解讀這句話，也是她的自由。

有希枝沉默不語，皺了皺鼻子。

明天飄過來的柳杉花粉似乎會遠大於今天的量。

小安——會怎麼樣呢？

難道貓真的會得花粉症嗎？紀夫才覺得疑惑，貓籠裡就傳來噴嚏聲，像是要表達這個事實。

咻、咻、咻、咻……

「今晚怎麼辦？要跟小安睡同一間房嗎？」

「不能把牠的嘴巴擦乾淨吧？」

「沒辦法吧。」

「讓牠洗澡的話……貓是不是討厭洗澡啊？」

「好像是。」

「只是待在同一間房的話，倒是不必擔心疾病或寄生蟲的問題，可是……喏，如果牠身上有跳蚤的話，也挺傷腦筋的吧。」

小安又「咻、咻、咻」地打了好幾個噴嚏。

「欸，阿紀，寵物店店長有提到毛髮的問題嗎？還是會掉毛吧？」

紀夫在嘆息中夾雜了一句微弱的回答。

有希枝沒聽清楚，又再問了一句：「你覺得會留下味道嗎？」

紀夫疑惑地說：「誰知道……」又嘆了一口氣。

小安的噴嚏終於停了。

已經很接近住宅區建築了，每間房的窗戶都透出亮晃晃的燈光。他們房裡那種降低亮度的間接照明，應該不適合住宅區裡的全家福吧。兩個人住太過寬敞，有小孩可能略嫌擁擠的三房兩廳週末，應該適合更滿不在乎、更不客氣、更吵鬧、更不自在、更……

紀夫將剛才只能小聲低喃的那句話再度說出口。

「所以還是別養貓了。」

沒等有希枝回答，紀夫就瞪著自己的影子大步往前走。

那天晚上，小安在紀夫房裡睡覺。

小安躺在蓋子敞開的貓籠中，裹著出生後就如影隨形的那條毛毯靜靜熟睡著，甚至感受不到牠的鼻息聲。

深夜忽然醒來的紀夫，發現室內空氣變得有些潮溼。

除了溼氣和隱約縈繞在鼻腔深處的蓬鬆毛髮氣味，還有一種——微弱的溫度。

可能腦袋還處於半夢半醒的狀態，起初他以為自己把什麼食物放著就睡著了。

當他發現原因恍然大悟時，肩膀才無力地垂了下來。

他沒開燈，直接撐起上半身。

沒有經過上色加工的毛毯，在黑暗中隱約透出淡白色的影子。

「小安……在睡覺嗎？」

沒有回應。他苦笑著心想「這還用問」。

「你可真大牌啊，存在感這麼重。」

這話聽起來很孩子氣，或許是想掩飾害羞的心情吧。但試著開口後，感覺其實還不賴，話語順順地脫口而出。

「有希氣得回房間睡覺了呢。」

話剛出口，紀夫就覺得「有希」這個說法不太對，隨後又改口。

「剛才媽咪很生氣呢。」

心臟重重地跳了一下。

就像小時候在海裡游泳時，游到腳尖觸不到地的水域一樣。

「媽咪應該氣炸了喔。她剛剛一句話都沒說，一下子就走進房間了對吧？那就是在生氣喔。這時候就不能隨便亂講話了，只能讓她一個人靜一靜。」

我在說什麼啊。

「一定要小心點才行喔，爸爸也是。」

心臟又跳了一下。

「……開玩笑的。」

紀夫閉上嘴巴。心臟重重跳了幾下之後，胸口變得更沉重了，有種自己嚴重違規的感覺。

在這個家裡，紀夫真的很久沒跟有希枝以外的人說過話了。就算對方是貓，而且毫無回應，感覺——也不算是自言自語。

所以才違反規則啊。

星期天從一大早就是個不上不下的天氣。天空烏雲密布，卻沒有到降雨的程度，潮溼的風莫名帶著些許暖意，跟梅雨時節有幾分相似。

「既然要下雨，乾脆痛痛快快下一場啊……」

有希枝皺皺鼻子發出聲音，語氣有些埋怨。她剛剛點了花粉症的眼藥水，而且一起床就狂吃含有甜茶精華的糖果，但還是一點用都沒有。

根據早晨新聞報導的花粉情報，今天的柳杉花粉飛散量似乎是本季最強。

「今天還是別出門吧。」

紀夫這麼說，原本期待跟小安一起「週日出遊」的有希枝，也乾脆地點點頭說：「對啊。」經過賭氣睡覺的階段後，她的情緒平緩了些，但還是不願意將小安抱在腿上。

小安無所適從地在和室裡到處走走坐坐，對難得買回來的貓跳台也沒什麼興趣，似乎不喜歡貓跳台的顏色。偶爾會打幾個噴嚏，看來牠今天也是不宜出門。

有希枝只喝了一碗湯當早餐。一半是因為鼻塞導致頭腦昏沉，另一半是因為看到小安就會想起昨晚的老鼠事件，讓她忍不住反胃。

「我知道這不是小安的錯，可是……抱歉。」

「我等等就把小安還回去吧。雖然少一天，但只要說租金不用退的話，店長應該也不會拒絕。」

「這樣小安太可憐了。沒關係，今天我就待在自己房裡，反正也得處理工作文件，這樣正好。阿紀，你跟小安玩吧。」

「吶，有希……還是不要養貓了吧。」

有希枝——昨晚應該也一個人思考過了吧，馬上就默默點頭答應了，沒有一絲猶豫。

「要不要養狗試試看？還是熱帶魚之類的。說到不必費心照顧的寵物，爬蟲類或許也是個好選擇。」

「全都一樣啦，我跟阿紀一直都按自己的步調在生活啊，我已經習慣了。事到如今再增加一個新生物，只會覺得是來搗亂而已。」

「可是……」

紀夫將差點脫口而出的那句話吞了回去。

那我們到頭來不還是一樣寂寞嗎——他覺得這句話也算違規。

「阿紀，謝謝你。」

有希枝忽然用雀躍的語氣這麼說。紀夫挺直背脊正準備問「謝什麼？」，有希枝又繼續說道：

「謝謝你讓我遇見小安。我知道自己很任性，碰到不如意的事就會挫折，但現在要改應該很不容易吧……多虧了小安，我才認清這一點。嗯，果然有很多事必須試過才明白呢。」

「……這樣好嗎？」

「沒什麼好不好的，因為我很任性，還想讓貓照我的意思行動嘛。與其說道謝，我應該對小安道歉才對。」

說到一半，有希枝忽然流出鼻涕，她急忙拿面紙壓住。

「抱歉，我的腦袋真的很暈，先去睡一會。」

說完，有希枝就用面紙壓著鼻子起身，往她的房間走去。

紀夫沒有挽留。

聽到有希枝房門關上的聲音，紀夫無力地從椅子起身。

「還是回去吧，小安，我送你。」

小安難得爬上貓跳台。

牠躺臥在最高的棚架上，低頭緊盯著紀夫。

紀夫被牠筆直的視線震懾，連忙看向窗外，花粉似乎還在空氣中蔓延。聽說奧多摩或秩父那裡的杉樹花粉會隨著風向越過東京灣，甚至飛到這裡——也就是千葉一帶。

紀夫心中直接浮現出「有夠誇張」這幾個字。

你們就這麼想留下子孫嗎？處處惹人厭，沒有授粉目標，還拚命放出花粉，難道矗立於山坡面的你們，其實是背負著難以忍受的寂寞嗎……

視線角落忽然閃過一道影子。

回頭一看——不對，早在他回頭之前，小安就從貓跳台跳下來了。牠對和室的障子門發出「嗚嘰呀！」這種野獸的吼聲，將利爪伸向門紙一把撕裂，脆弱的柵條也跟著斷了。

起初紀夫沒意識到是什麼情況。小安發出野獸的吼聲在和室到處亂竄，將障子門、紙拉門和榻榻米逐一破壞，跳上貓跳台又立刻跳下來，這次還用利爪撓抓和式衣櫃。

小安竄過紀夫腳邊衝進客廳。

牠跳上邊櫃，將相框、花瓶和座鐘往下推。

玻璃花瓶應聲碎裂。

聽到破裂聲，紀夫才終於回過神來。

「小安！不行！」

根本抓不到牠。

紀夫抬起腰準備追趕，腳卻絆了一下，腰部直接撞上沙發旁邊的落地燈，燈倒下後又發出燈泡破裂的聲響。

「好了！小安！停下來！快停下來！」

紀夫的小腿又撞上矮桌。

當他往前撲倒時，ＣＤ也從棚架上掉了下來。

小安還在餐桌上亂跑，把咖啡杯盤和玻璃沙拉碗都摔在地上後，又往裝滿兩公升柳橙汁的紙盒伸出前腳，紙盒就像保齡球瓶一樣翻倒了。紀夫四肢著地，茫然地看著橙色污漬在純白地毯上不斷擴散。

「怎麼了？在吵什麼……」

回到客廳查看的有希枝，也啞口無言地呆站在門口。

小安用力跳下餐桌後，用輕盈又躍動的步伐在地上跳啊跳，隨後又縱身一躍……跳進廚房流理台的水槽。

「搞什麼？到底怎麼回事？」

有希枝用抹布擦拭地板，用帶著哭腔的聲音這麼問。

「我也不知道。」

「牠不是又乖又聰明嗎？」

「……就說不知道了。」

紀夫語帶嘆息地回答，並將以前狠下心買的義大利品牌GINORI的杯子碎片撿起來。

契約表明，店家不會賠償貓咪失控造成的任何毀損。根本被那個店長騙了嘛——

紀夫怨恨地瞪了小安一眼。小安已經冷靜下來了，正在舔舐前腳。

花了整整一小時將室內整理完畢後，紀夫和有希枝不約而同地癱坐在地，將背靠在牆上。眼神交會後，有希枝說：「我真服了牠。」紀夫也回答：「誰受得了啊。」

兩人獨有的「乾淨」生活毀於一旦，寧靜的假日徹底毀了。

「可是……」

有希枝看著滿目瘡痍的障子門說：「好像滿痛快的耶。」

紀夫也點頭認同。

「養貓真的很辛苦，好，我完全理解了。」

有希枝有些鄭重其事地這麼說，她依舊癱坐在地板上，喊了小安一聲。

「小安，過來。」

有希枝張開雙手迎接，小安就溫柔地「喵～」了一聲走向她。有希枝——又可以抱小安了。

「剛剛還像落湯雞一樣，現在都乾了呢。」有希枝十分佩服地撫摸小安的背。

但因為跳進放著髒碗盤的水槽裡，毛皮變得髒兮兮的。

「可能去浴室洗一洗比較好。」

「不會很麻煩嗎？」

「牠可能會掙扎吧……但兩個人來洗應該能解決。」

紀夫在「兩個人」這幾個字稍稍加重了語氣，但不確定有希枝有沒有聽出來。有希枝對懷裡的小安輕瞪一眼說：「我可不會輸給你喔。」

小安有些發癢地伸展背脊，咻、咻、咻地打了三聲噴嚏。

「你看，把身體弄得溼答答，感冒了吧。」

話才剛說完，有希枝也打了個大噴嚏。

紀夫露出無奈的苦笑，起身走向浴室。

他轉開蓮蓬頭的熱水。水溫要熱一點比較好嗎？還是因為有貓舌怕燙一說，只能用溫水來洗？紀夫邊想邊調節溫度，一股笑意頓時湧上心頭。

偶一為之也不錯——

他穿著衣服，直接將蓮蓬頭的熱水往頭上淋。

偶爾像這樣也不賴——

他對有希枝呼喊道：「喂～快過來啊，水已經熱了喔。」

結果卻傳來一大一小的噴嚏二重奏，像是在代替回答似的。

坐在副駕駛座的毛毯貓

1

她每次都指定要黑貓。

她跟緬因貓小黑相處了五年之久。就算小黑年老退休不再做毛毯貓，她也一定會指名雜種卻有一身烏黑毛皮的第二代小黑。

「我也不是非黑貓不可啦。」

在接待櫃檯等待小黑時，妙子跟店長這麼說。

她平常明明不是這種人，但來租借小黑時總會變得特別多話。三天兩夜的租借期間，她會從第一天興奮到最後一天。

「但黑貓真的很美吧？嗯，該怎麼說呢，我覺得黑貓是非常完美的擺飾。」

店長操作電腦處理借出手續時咕噥了一句：「擺飾？」

「這種想法是不是不太好？」

「不……只是想想的話，倒也沒什麼限制。」

「OK吧？」

「是啊。」

店長苦笑著按了按滑鼠，螢幕上就顯示租借紀錄，正好滿三個月。一如往常——春夏秋冬各借一次。

「欸，以前的小黑還好嗎？」

「過得很悠哉呢。牠已經老到賣不出去了，之後就是幸福地度過餘生吧。」

「已經退休兩年了嗎？還記得我嗎……應該不可能吧，畢竟是貓。」

「不一定喔。如果是妙子小姐，牠應該記得很清楚，因為妳會帶著牠到處跑嘛。」

「但不是有人說貓咪忘恩負義嗎？」

「只是不像狗那麼討喜而已。」

「還說走三步就會忘光光……啊，不對，那是雞啦。」

妙子哈哈大笑。

店長也回了個笑，隨後問道：「這次要去哪裡呢？」

「溫泉。我想一次跑完山溫泉跟海溫泉。」

「感覺不錯呢。」

「對吧？」

妙子露出得意又自信的笑容。

「這樣啊……海跟山……」

店長低著頭喃喃自語，接著抬起頭說：「要不要帶以前的小黑去？」

「可以嗎？」

「小黑也是老奶奶了，以後也沒機會出遠門，所以想趁牠還健康的時候帶牠去海邊或山上走走。雖然有段空窗期，但如果是妙子小姐的話，牠應該沒問題。」

「真的可以嗎？」

「只要您不嫌棄。」

「……真的、真的可以嗎？」

妙子收起下巴，揚起視線看著店長，故意做出誇張的動作和眼神。她把自己當成收到意外禮物半信半疑的年幼小女孩，說「真的嗎？」的時候腰還扭來扭去的。

都五十幾歲了，妳在幹什麼啊？腦袋中還保持冷靜的自己相當傻眼，但她還是無法壓抑比平常還要興奮雀躍的心情。

第二代小黑其實也不錯。

但還是比不過跟她有多年交情的第一代小黑。

妙子想要——刻意用「兩個人」這個說法。

兩個人一起旅行了無數次。

也想要——刻意用「她」這個人稱。

她總是坐在副駕駛座。緬因貓大型成貓挺直背脊後，就會散發出十足的存在感，不是「載出門」或「帶出門」的寵物，「旅伴」才是最精準的形容詞。這就跟愛狗人士會驕傲地讓黃金獵犬坐在副駕駛座一樣。

店長開始處理第二代小黑的取消手續，同時說道：「這或許是小黑最後一次旅行了，讓牠留下美好的回憶吧。」

妙子笑著點點頭，用笑容目送店長走進事務所後方。確定現場只剩她一個人後，她的笑容變得有些僵硬。

好久沒見小黑了，跟最後一次帶她兜風的兩年前相比，小黑確實老了。黑色毛皮不再亮麗，胸口的覆毛分量也少了許多。

妙子將小黑抱進懷裡說：「小黑，還記得我嗎？我是妙子喔。」小黑雖然沒有亂動或呻吟，卻也沒表現出開心的樣子。感覺整體動作變得好慢，似乎連動都懶得動。

「雖然變老了，但牠沒有生病，大小便也能自己處理乾淨。」

說完，店長又補了一句：「再過半年就不知道了。」——小黑也已經這麼老了啊。

將小黑放進貓籠後，再裹上毛毯。

就算只是帶到停車場車上的極短距離，只要離開寵物店就必須有這道程序，必須讓貓知道接下來要開始做毛毯貓的「工作」了。

被放進貓籠時，小黑在想什麼呢？妙子從以前就十分好奇。小黑裹在毛毯裡的時候總是盯著某一點看，緬因貓特有的野性銳利目光，甚至有「緬因是浣熊和貓的混血」這種傳說。有時妙子會想，或許那雙眼能看清肉眼看不見的無形之物。

「那就麻煩您了。」

店長笑著說，笑容就像飄在空中的肥皂泡泡一樣又輕又柔。

「我換車了喔。」

妙子發動引擎後，對副駕的小黑這麼說，又聳聳肩補上一句：「但還是中古的輕型車啦。」並放下手剎車嘆了口氣。

接下來是一段長途旅行，目的地是位處信州深山的獨棟溫泉旅館——應該傍晚才會抵達吧。雖然是四月中旬，但要是氣候不佳也可能下雪。

開上馬路後，妙子加速行駛。引擎聲十分吵雜，風切聲也很大。這是最近流行的高車體設計，在高速公路或蜿蜒山路似乎容易左右搖晃。

「欸，小黑，我們去租車吧，租個更大台的好車。」

小黑的尖耳輕輕動了幾下，妙子擅自解讀成「贊成」的意思。

「妳也老了啊。經過彎路晃動的時候，妳會不會從椅子上摔下來？」

店長說小黑的牙齒幾乎都掉光了。

小黑現在是十二歲，妙子第一次租借時牠才五歲而已。貓是從八歲左右開始老化，所以遇見小黑時，牠應該正值花樣年華。

「我也才四十幾歲而已。雖然不知道算不算花樣年華……但真的還算年輕吧。」

她用行車導航尋找租車公司。

「但你們那位店長，也有種說不上來的感覺耶。雖然和藹可親，但總覺得笑容不是發自內心，或是能看透一切似的。小黑，妳在店裡算老前輩了吧？妳怎麼看？該不會有被虐待吧？」

號誌燈剛從黃轉紅，妙子就直接闖過，「呀哈」地大笑一聲。

「還幫妳取小黑這種名字，毫無藝術和魅力可言。」

但我也差不多啦——妙子在心中補上這一句。

妙子的日文讀音，跟耐久子相同。

已經離世的父母本來想幫她取名為「多惠子」，但姓名分析師說總筆畫不太好，所以就改為妙子。但結婚後姓氏會改變，姓名分析就失去意義了，父母為什麼沒發現這件事呢？

第一次改變姓氏是在三十年前，總筆畫變得很糟。

三年後，她變回原本的姓氏。

隔一年，姓氏又改了，這次的總筆畫一樣糟。

花了十年時間才認清這是糟糕透頂的選擇後，又變回原本的姓氏。

她自此學會教訓，認為找個人陪伴不是明智之舉，結果不久後又在四十歲時冠上第四個姓氏。沒想到這一次——總筆畫也一樣糟，感覺老天在跟她開玩笑似的。

但四十歲以後，她也增長了一些智慧。她愛上這種類似教訓的感覺，還累積了許多能成為教訓的經驗。

「妙子」是十畫。

改成「耐久子」的話，就是十五畫——總筆畫瞬間就變成事事順利的完美運勢。

如果叫「耐久子」就好了，這樣或許就不會跟前幾任丈夫離婚……

行車導航查出半徑十公里內有三間租車公司。前兩個是汽車製造商的旗下公司，最後一個是號稱專租高級進口車的公司，感覺有點可疑。

「請指定目的地，請指定目的地。」行車導航不斷傳來年輕女性的語音，妙子大吼一聲：「吵死了！」接著對小黑說：

「欸，機會難得，要不要奢侈一下？來租個賓士、BMW或Volvo吧。」

她有的是錢。

有這麼多可以自由動用的錢，或許是人生第一次也是最後一次了。

「小黑，妳覺得呢？」

小黑懶洋洋地揮動蓬鬆柔軟的長尾巴。

妙子直接解讀成「好啊，超讚的」的開心反應。

還有Mercedes-Benz的S系列可以租借。店員說原則上必須提前預約，妙子就直接塞了一大筆保證金——連對整疊鈔票習以為常的人都會嚇傻的程度。

原本也不能讓貓狗上車，但妙子答應店家絕對不會讓小黑離開貓籠，還先墊付車內清潔費，這筆金額也是把店員嚇到不敢吭聲——但離開租車公司碰上第一個號誌燈後，她就違約了。

「坐得舒服嗎？這就是賓士車喔，售價應該超過一千萬日圓吧？先租來兜風看看，喜歡的話回去就買一台。」

只要她喜歡，沒什麼不可以。

在租車公司拿出駕照時也是輕鬆過關，可見案件還沒浮上檯面。要上高速公路交流道，只要在往返六線道的外環道路上直行即可。以習慣駕駛輕型車的感覺來說，S系列的大小幾乎算得上公車或貨車了，車內根本就是客廳。因為臨時從右駕變成左駕，與其說是開車，更像是在操控別的交通工具。

「好安靜啊，根本是滑行的感覺。」

引擎聲、風切聲和路面噪音都非常小聲，不專心聆聽根本沒感覺。停在租車公司附近的投幣式停車場的那台輕型汽車，可能連熄火之後還會發出喀噠喀噠的聲音。

「小黑，妳知道嗎？那台車的引擎聲聽起來就像『窮鬼～窮鬼～窮鬼～窮鬼～』，真的，我沒騙妳啦。還有，緊急煞車的聲音是『薪水～薪水～薪水～薪水～』……妳不相信吧，但我說的是真的。」

小黑沒有回應。牠從年輕時就不太愛叫，上年紀之後變得更沉默了。被其他人租借的時候，牠應該也是這樣吧。還是會配合短短三天的飼主喜好改變個性呢？

都認識那麼久了，店長卻什麼都不告訴她。妙子想問問指定小黑租借的其他客人，還說「只要告訴我是男生多還是女生多就好」，店長也不肯開口，每次都給出同一個答案——「只有絕頂聰明的貓，才有辦法成為毛毯貓」。

她不知道小黑算不算絕頂聰明。論敏捷度的話，第二代小黑看起來比較機靈。

可是——還是小黑比較好。

這應該是適性問題。

讓小黑坐在副駕兜風是最快樂的時光。她總會在三天兩夜的旅行中，將三個月沒見的沉默重擔從肩頭卸下。跟第二代小黑在一起時，總會留下類似沉澱物的感覺。對喔，久違見到第一代小黑她才想到，以前連這些沉澱物都會自動消失得乾乾淨淨。

「還有啊，我那台車的雨刷聲是『借錢、借錢』，打方向燈的時候，聲音是『累死、累死、累死、累死』……」

妙子笑著提起這些無聊瑣事。

狀況也太好了吧，連自己都有點嚇到。

畢竟睽違兩年了。

心裡累積了不少鬱悶。

快到交流道了，往長野方向沒有塞車。

方向燈跟家裡那台輕型車左右相反，妙子有些困惑地開向左側車道。因為不習慣左駕，感覺像是忽然偏移過去，但後面的車也有所警覺放慢速度，妙子才沒有開得手忙腳亂。

「不愧是賓士。如果是輕型車的話，後面那台車一定會按喇叭。」

真的好久沒有這種興奮激昂的心情了。

她想變得更快樂，想多說一點話，想笑得更開懷。

所以——她決定一開始就卸下咬在肩上的沉重陰霾。

「小黑。」

車子開進匝道。

「我……偷東西了……」

2

正確來說並不是偷竊。

妙子犯下的是侵占罪。

從工作三十年的文具批發公司，侵占了將近三千萬圓的周轉資金——

那是完全可以用「家族」一詞來形容的小型公司，雖然不會挑戰超出能力範圍的業務，卻依舊保持積極。這個時代經營公司都不容易，這家公司也不例外，卻能腳踏實地找出大型公司缺漏的部分，再以細密畫筆用心填補。

妙子深受社長信賴。不論是社長的父親前任社長，還是社長的兒子專務，都親暱地直呼她的名字「妙子小姐、妙子小姐」，從來不會查核妙子管理的帳簿。

「大家都很善良呢。」

她對副駕的小黑這麼說。「該怎麼說呢，就像溫馨小劇場那樣，所有角色都是大好人。」補上這一句後，她又把逼近時速一百二十公里的車速往上拉。

所有員工也都溫文儒雅，很符合社長一家人的性格。工作了三十年，公司內當然會有衝突，也會有一些乖僻、懶散、莫名愛找碴的人，但現在一切都結束後再回頭看，就覺得「大家都是好人」，忍不住露出帶著幾分苦澀的微笑。

其實再過幾年就能順利退休了。在她退休前幾年，小時候總黏在她身邊喊著「妙妙阿姨、妙妙阿姨」的專務兒子也進公司工作，社長還對她說「希望妳退休後也能以約聘身分繼續工作」。

她沒有任何不滿。

現在——也沒有。

往後她想起公司時，應該、絕對、不會有任何排斥的心情吧。

「我很差勁吧。」

妙子輕聲低喃，朝開在超車道上的轎車閃了幾下車燈。

在後擋風玻璃放著「車內有嬰幼兒」牌子的那輛車，立刻慌張地逃到左側的行車道，就像縮起脖子發出「呀！」的簡短慘叫聲。

該說是威嚴、威望還是魄力？總之能感受到S系列的強悍風貌。

她忽然想起對進口車十分嚮往，結果過世前只買到 Toyota Crown 車款的前任社長。現任社長咬牙買下 Toyota Celsior 當成公務車時的愉悅笑容，也忽然浮現腦海。

三千萬圓——

不是透過複利增值或土地買賣存下的錢，而是社長到員工所有人都低聲下氣，四處奔走，在接待客戶時徹底拋下自尊，一點一點積攢下來的資金。餘額在經營狀況不佳時減少，狀況好轉時增加，可說是公司整體精神的氣壓計。

妙子將這筆錢全部搶走了。

「真的很差勁吧……」

小黑依舊沉默，悠閒地伸展牠的龐大身軀，從駕駛座和副駕中間鑽到後座。以前開輕型車兜風時，牠總是扭著身子，用相當拘束的動作在前後座椅來回移動。相較之下，S系列果然寬敞多了，連緬因貓成貓都能輕鬆穿梭。

「我們在下一個服務區休息吧，小黑。」

小黑發出咕嚕聲，像是在說「贊成」一樣。

開進甲府前方的服務區後，妙子讓小黑在休息設施旁的小樹林裡面玩。

但小黑已經上了年紀，用遲鈍的動作走到離妙子兩公尺遠的地方，就倦怠地躺在地上。

妙子坐在長椅上啜飲自動販賣機買來的紙杯咖啡，茫然地看著小黑的背影。

年輕時烏黑亮麗的毛皮，現在卻乾燥許多，整體看起來有些黯淡。

店長交給她的貓糧，也是牙口不好的老貓專用的泥狀物。

呼吸時的胸口起伏，也像是帶著「嘿咻～嘿咻～」這種無言的聲響。

她是在跟第三任丈夫離婚後遇見小黑的，是七年前的事。

不是因為寂寞。

第一次在雜誌還是哪裡看到租借貓咪的服務時，她其實有些傻眼。不論是對靠此賺錢的業者，還是租借貓咪三天兩夜的客人。

她抱著好玩的心情租借。從小她就知道人人都說黑貓「不吉利」。

所以——她選了小黑。

她覺得最適合自己的貓，就是不吉利的黑貓。

她年輕時讀過寺山修司的詩，其中一段讓她難以忘懷。

那首詩是這麼寫的：

有一隻貓
名為不幸
總是在我身邊
緊緊相依

與不幸融為一體的貓，妙子擅自認定「那一定是在說黑貓吧」。

所以——小黑的別名就是「不幸」。

這五年來，她都讓名為「不幸」的貓坐在副駕駛座，展開春夏秋冬各一次的長途兜風。

第六年和第七年是第二代小黑陪她兜風。第二代小黑的毛皮雖然烏黑亮麗，跟第一代小黑相比還是少了點深度。相隔幾年又見到第一代小黑時，妙子才發現這一點，心想：果然只有這隻小黑才有資格被取名為「不幸」。

「不幸」身邊有蝴蝶在飄搖飛舞。

「不幸」閉上了雙眼。

「不幸」打哈欠伸懶腰。

「不幸」的耳朵動了幾下。

跟父母牽著手的小女孩看見「不幸」後，興奮地說了聲「好可愛唷～」——父母卻皺起眉頭聊著「你開車要小心一點」、「我知道啦」這種話題。

「不幸」躺著轉過頭來。

妙子跟牠說：「該走囉！」並將放在腳邊的貓籠蓋子打開。

「不幸」慢悠悠地走向貓籠。

牠走進貓籠後。

妙子關上蓋子。

拉著提把站了起來。

在「不幸」的陪伴下，妙子又踏上了旅途。

經過諏訪湖後，妙子在第一個交流道下高速公路。

從這裡開始要沿著蜿蜒國道北上，中途還會開進林道。還要兩小時才會到獨棟溫泉旅館——應該會在黃昏時抵達。

妙子打開車內廣播，還沒有案件的相關報導。是個性從容的社長一家人還沒發現嗎？還是這種微不足道的罪行不值得登上新聞版面？

「算了，怎樣都行。」

妙子笑著繼續開車。

在國道沿線的加油站加油時，她打了通電話給旅館。雖然預約時已經確認過了，但為了保險起見，她還是再次詢問貓能不能入住。

幾年前的冬季兜風時，由於委託預定的旅行社跟飯店之間聯繫不當，妙子竟在辦理入住手續時被拒於門外。當時她沒有生氣，而是心服口服地認為：畢竟是跟「不幸」在一起，自然會碰上這種事。

結果那天她住進一間破舊的摩鐵。小黑在圓形床上一直跳來跳去，似乎想撲向映在鏡面天花板中的自己。當時的她跟小黑都好年輕啊。

加完油之後，她對小黑說：「要最後衝刺囉，加油～」又自己回了一句：「喔～」

小黑在副駕駛座將身子縮成一團，有些昏昏欲睡。

她對社長一家和公司沒有任何埋怨。

也不是非得要拿那三千萬圓。

那三千萬圓對公司有多重要，她也比誰都清楚。

「被逮捕的話，一定會被詢問動機吧，到時候我該說什麼呢……」

也不是一時起了歹念。

雖然能理解心態失衡的竊盜癖患者的心情，但她覺得那跟自己無關。

「小黑，妳會怎麼說？」

沒有回應。

「但我真的不知道啊，嗯，這種心情該怎麼解釋呢？」

如果硬要從身邊尋找類似的案例，大概就像把花圃盛開的花朵逐一拔除的小孩——將小心翼翼堆好的積木塔全數碰倒的小孩——為心愛的莉卡娃娃穿上喜歡的衣服，用梳子細心梳理頭髮，緊緊抱在懷裡之後，卻直接把娃娃頭拔掉的小孩——

全都是小孩子的行為。

都已經快六十歲了耶？

她苦笑著心想：這是怎樣啊。

開進林道後就沒有路燈了，由於兩側都是陡峭的山壁，夕陽照不進來，讓天色忽然變暗。妙子打開車頭燈，將前方道路照得微微發白，車內也顯得更為昏暗。

「欸，小黑……我的人生怎麼會這麼不順呢？」

她把跟三任丈夫離婚的經歷都跟小黑說了。

第一任丈夫跟小三跑了。

第二任丈夫會發酒瘋又愛賭博，是個不工作的米蟲。

第三任丈夫是前妻癌逝，還帶著拖油瓶。他是個耿直又平凡的上班族，卻實在太耿直太平凡，又沒辦法勸說跟妙子不親的孩子，最後用「我得考量孩子的心情」這個理由離家出走了。

「更好笑的是，前陣子啊，朋友說是前世的罪孽害我男人運這麼差……還要我去請示靈媒……說認識厲害的大師要幫我介紹……真是蠢死了。」

幾乎沒有車輛經過。

或許是氣溫下降了吧，前擋風玻璃起了白霧。

她馬上就找到空調按鈕了，但不管怎麼按，出風口還是靜悄悄的。

「咦？奇怪？為什麼？」妙子還在困惑，結果連後擋風玻璃跟車窗都開始微微起霧。

她心想「算了，船到橋頭自然直」，便繼續開車。

「小黑，妳的租借貓人生又是如何？快樂嗎？還是會排斥？」

妙子隨口一問，這才發現一件事。

原本在副駕的小黑竟毫無動靜。

她伸出右手摸摸副駕，卻什麼也沒摸到。

「咦？小黑，妳在後面嗎？什麼時候過去的？車裡太暗了，我沒看見。」

妙子想轉頭確認後方，但林道正好來到沿著河岸的連續彎路區段，前擋風玻璃還是霧濛濛的，又是不熟悉的左駕車，她甚至沒有餘力瞄後照鏡。

「小黑、小黑？妳睡著了嗎？」

沒有回應。

也沒感受到後方有任何動靜。

「……睡著了吧？」

她覺得還是將小黑放進貓籠比較好，緩緩放慢車速時，就看見路肩掛著旅館的招牌，還剩下——兩公里。

「算了，乾脆直接開到旅館好了。」

妙子再次踩下油門。

車頭燈的光線變得有些微弱。

原來河面上起了霧。

將車停在旅館玄關前，就有一位穿著法被的老人走了出來，似乎已經等候多時。

妙子打開駕駛座車窗報上名字，又補了一句：「貓也會一起入住，麻煩您了。」

老人也帶著和善笑容回答：「好的，明白。」隨後又露出更加燦爛的笑容，彷彿還有其他事情要說。

「您的朋友已經到了。」

「啊？」

「把車子停在這裡就好。」

說完，老人就消失在玄關深處。

妙子臉上的訝異變成苦笑，她解開安全帶轉向後座對小黑說：

「真是的，我們好像被誤認成其他客人——」

她倒抽一口氣。

小黑不見了。

打開車內燈，發現小黑也不在座椅上。

她急忙下車。

打開後車門後，她仔細觀察座椅腳邊，駕駛座和副駕駛座下方，卻都沒看見小黑的蹤影。

她繞到副駕駛座打開車門後，指尖不停顫抖，嘴唇和下顎也頻頻顫動。

「小黑？小黑？妳在哪裡？」

副駕駛座腳邊也沒有小黑的影子，妙子蹲下來將手伸進暗處撈了幾下，卻什麼也沒摸到。

冷靜點、冷靜點……她不斷說服自己並站起身。

可能是團體客人吧，旅館裡頭傳來熱鬧的笑語聲。

而且全都是——再熟悉不過的聲音。

3

不管怎麼找都找不到小黑。

難道是中途從車上掉出去了嗎——再怎麼說也不可能。

還是先下車了——這聽起來更誇張。

旅館隱約傳出的團體客笑語聲，讓無計可施的妙子聽得心更亂了。

全都是熟人的嗓音。一人、兩人、三人、四人……沒錯，每個聲音都非常耳熟，腦海中甚至浮現出聲音主人的長相。大家都帶著笑容，看起來都好幸福。

是不該出現在這裡的那群人。

妙子用力搖搖頭，一次又一次。

籠罩四周的霧變得更濃了，只要吸一口氣，淺白色的潮溼霧氣就會直接流入心坎。好難受，溼氣全都沾附在喉嚨深處。

旅館傳來的聲音中混了一個孩子的聲音，是男孩子。

「妙妙阿姨。」——男孩呼喚道。

這不是幻聽，男孩的聲音確實在呼喚妙子。而且十分清晰，應該說太過清晰了。

「妙妙阿姨好慢喔，她在做什麼呀？」

男孩這麼說。

「應該快到了。」一名成年男性回答：「只是慢了點而已。」

妙子的表情變得扭曲。

男孩是專務的兒子太郎，現在應該已經二十幾歲了，旅館內的聲音卻聽不出他上小學了沒有。

回答太郎的是他的父親——專務，卻是現在四十五歲左右的聲音。

「妙妙阿姨怎麼不快點來啊……」

妙子像是被太郎的聲音牽引般，踏著蹣跚步伐往前走。

她走進旅館。

方才穿著法被出來迎接她的老人，笑容可掬地說：「來，這邊請。」並指向走廊尾端的那扇紙拉門。

「……我找不到貓。」

「是的，我都明白。」

「我的貓不見了。剛剛還坐在車上，卻不知道跑哪去了。」

「嗯嗯、嗯嗯，我知道。」

「欸……這是怎樣？這是哪裡啊？」

「其他人已經久候多時了。」

「回答我啊！」

「他們一直在等待妙子小姐喔。」

老人再次用手掌指向走廊尾端說：「來，這邊請。」

這條長長的走廊，是烏黑光亮的木板地——外頭的霧氣不知從哪裡飄了進來。

妙子在走廊上走著，也不記得什麼時候脫了鞋子。

紙拉門打開了。

「妙妙阿姨！」

太郎探出頭來，整張臉笑得皺成一團，並招招手要她趕快進來。

後方是年近古稀的社長。

「妙子小姐，妳好慢啊，大家等很久囉。」

社長是現在的模樣。

出現在他身旁的夫人也說：「阿妙來得太晚了，我還擔心妳是不是碰上車禍了呢。」——前任社長夫人是二十年以前的長相，那時妙子跟夫人處不來，夫人成天都在抱怨她。

妙子嚇得動彈不得。

身體卻繼續往前進。

霧氣變得更濃了。

有種身體飄起來的錯覺。

大廳裡全是公司的人，有昨天還坐在旁邊的同事，還有好幾年前就退休的人，年齡各不相同。有用年輕時的模樣在喝酒的人；有頂著現在的長相將筷子伸向生魚片的人；有好久沒見，讓妙子忍不住心想「啊啊，他以前是這種髮型啊」的人；有讓妙子忍不住想抱怨「趕快把收據給我啦，每次都慢吞吞」的熟人。

每個人都在笑。

妙子將堪稱公司命脈的周轉資金全數侵吞，他們卻用純真的笑容接納了她。

難道還不知道這件事嗎……

妙子忽然驚覺「不對，不是這個問題」，眼睛用力眨了幾下。

眼前的畫面——一定是幻影。

除了做夢以外，沒有其他可能。

可是聚在大廳的這些人，外表和嗓音卻栩栩如生，一點也不像夢境。放在卡式爐上的鍋子瀰漫著味噌的香氣，在旁人邀約下品嘗了一口的溫熱日本酒，也確實帶有酒味。

「妙妙阿姨。」

太郎黏在她身邊撒嬌。

「妙妙阿姨，妳為什麼在哭？」

「……我沒有哭啊，你看，我又沒有流眼淚。」

「雖然沒有流眼淚，但阿姨就是在哭啊……欸，妙妙阿姨現在在哭吧？」

太郎開口詢問旁人，那些人也都點點頭。

不可能。

明明……不可能啊。

「妙妙阿姨，不要哭嘛。」

太郎抱著她的背說：「不要再哭了，好不好？」

他的嗓音從背部滲入心坎。

明明很尖銳，卻帶著幾分柔軟與溫潤，她不禁心想：是啊，男孩子的聲音就是這樣。

太郎乖乖坐在妙子腿上。

「太郎，不行喔，這樣很沒禮貌。」他的母親——專務夫人笑著教訓他。

專務也將酒盅拿到嘴邊苦笑著說：「真的很抱歉，這小子就愛撒嬌。」

「啊～爸爸，怎麼能用『這小子』形容我呢。」

「少囉嗦，就愛扯歪理。」

「才不是歪理呢，我說的是真的啊～對不對，妙妙阿姨？」

妙子說了聲「對啊」，並輕撫太郎的頭。

太郎有些發癢地聳起肩膀，抬起頭看著妙子說：「不要哭了。」

「……我真的在哭嗎？」

「嗯，在哭喔，好像很難過的樣子。」

「我不難過喔，因為見到大家，讓我既懷念又開心啊。」

這麼說不是為了迎合他，而是很自然就脫口而出了。

太郎也開心地回答：「是嗎？」

旁人的笑容也加深了幾分。

妙子維持讓太郎坐在腿上的不自在姿勢，喝了一口日本酒。

內心深處泛起了微微的暖意。

「欸，妙妙阿姨，別哭了。」

「……我真的在哭嗎？」

「真的在哭啊，阿姨，妳在難過什麼？有什麼傷心事嗎？」

在妙子腿上的太郎這麼說，並轉過身看向她，將手伸向她的下顎。

「不要哭嘛。」

太郎輕撫她的下顎，像是要為她抹去滑落的淚水。

「妙妙阿姨，別再哭了。看到妙妙阿姨哭，我也會想哭耶。」

他的嗓音中帶著幾分悲戚。

太郎繼續撫摸妙子的下顎。

「我們都沒有生妙妙阿姨的氣喔。」

大廳忽然濃霧瀰漫。

坐在腿上的太郎，身體逐漸失去重量。

圍著妙子的公司同仁們的笑容，也都融入淺白色的霧氣中。

「阿姨，不要哭嘛。」

太郎的聲音從頭頂上傳來，彷彿來自遙遠的彼方。

腿上忽然感受到一股乾燥的觸感。

凝滯的霧氣將太郎籠罩，等到霧氣散去——腿上竟放著一個小小的頭骨。

妙子倒抽一口氣。

喉嚨深處發出「咿！」的驚叫聲。

「妙子小姐。」

專務開口了，社長夫人也跟著喊了聲「阿妙」。當遮住兩人面容的霧氣散去後，就有兩具穿著旅館浴衣和棉袍的骸骨看著她。

所有人都變成了骸骨。

每個人都盯著妙子看。

「為什麼？」有人這麼說。

「我們感情這麼好，為什麼？」另一個人這麼說。

妙子的喉嚨深處不斷發出「咿！咿！」的慘叫聲。

「但我們沒有生氣喔。」腿上的頭骨開口說道：「我們所有人都不生妙妙阿姨的氣。」

明明很想揮開，手卻動彈不得。

明明很想拔腿逃跑，卻因為腿軟無法起身。

「妙妙阿姨，不要哭嘛。」

「妙子小姐，妳不必哭啊。」

「對啊，阿妙。妳過去流了那麼多眼淚，已經夠了，不用再哭了。」

「妙妙阿姨，笑一個嘛。」

「是啊，妙子小姐，妳不總是笑臉迎人嗎？」

「阿妙，別再哭了。」

周遭開始起霧。

霧氣將妙子籠罩。

白霧如布幕般遮蔽妙子的視線時，骸骨一具接著一具崩毀。

腿上的頭骨也從下顎處開始粉碎失形。

妙子緊緊抱住頭骨。

在頭骨崩毀的前一刻，掌心確實感受到懷念之人的懷念觸感。

濃霧徹底散去。

一切都融入霧氣之中。

遠方傳來了貓叫聲。
名為「不幸」的貓，從濃霧的遙遠彼端，緩慢悠然地走了過來。

她來到露天澡堂。
在岩石浴池中泡澡。
小黑縮起身子，趴在兼具遮擋屏風功能的巨大岩石頂端。
妙子輕撥溫熱水面發出「啪唰」一聲，確認水聲傳入耳中。
隨後又「呼～」地長嘆一聲。
摸摸自己泡在熱水中的手，中途試著捏了一下，再次確認已經回到現實世界，卻忽然悲從中來。
「小黑……」她抬頭看著屏風岩。「妳幹嘛故意整我？」
小黑裝作沒聽見，依舊將臉別向一旁。
「妳什麼時候變成妖貓了？」
據說即將迎來死期的老貓，擁有不知該說是魔力還是咒力的神祕力量——這種給小孩子看的神怪雜誌中寫的老掉牙奇談，她現在已經能接受了。

「小黑，妳是在生我的氣，才讓我看那些東西的吧，好過分喔。」

她瞪了小黑一眼。

還是——她在心中繼續猜測。

還是覺得大家會原諒我，才讓我看那些東西？

小黑沒有回答。

牠挪了挪比暗夜還要漆黑的身軀，趴在岩石上頭。

「已經沒了嗎？」

妙子不認為那是惡夢。

「欸，那種魔法沒辦法再用一次嗎？」

她還想把太郎抱在腿上，這次一定要好好抱緊他。

「小黑，回答我嘛。我們是朋友吧？認識這麼久了耶。」

如果能再見到那些公司同仁，她想將剛剛沒說出口的話告訴他們。

應該會邊說邊哭吧。

剛才明明沒有在哭，大家卻說她哭了。那下一次……太郎應該會開心地說「妙妙阿姨在笑」吧。

小黑站了起來。

牠動作輕盈地跳到旁邊的岩石。後方的森林比夜幕還要昏暗，小黑的身體又更加漆黑。

牠那雙帶著幾分藍的檸檬黃眼睛飄浮在黑暗中。

「不幸」盯著妙子看。

妙子也沒有移開視線。

「大家都是好人，真的，每個人都好善良……」

想故意找麻煩的話，明明還有其他人選。公司裡明明沒有任何她想報復的人。

「為什麼呢？為什麼……我怎麼會做出這種事……」

一股難以用反省或後悔來形容的情緒，讓她內心深處絞痛難忍。

「小黑，妳已經猜到了吧？」

小黑依舊沉默，目不轉睛地看著妙子。

「我們是朋友嘛。」

小黑毫無反應。

妙子緩緩站起身。

從熱水中露出的裸體，肚臍上方有一道傷痕。

「我得了癌症。」

妙子呵呵笑道。

「已經末期了。雖然有把肚子切開，但也已經無計可施了……」

小黑第一次發出了貓叫聲。

4

妙子被冷醒後，來到放著藤編桌椅的木板房打開窗，瀰漫在中庭的冰冷霧氣便飄進室內。

這裡的夜晚比東京還要漫長，似乎還要一陣子才會天亮，還能聞到青苔的氣味。她從來沒有在這種綠意盎然的深山裡住過，這股氣味卻讓她異常懷念。

妙子坐在椅子上，拿起昨晚喝到一半放著的玻璃杯啤酒喝了一口。啤酒已經完全沒氣了，但反而變得相當順口，溫柔地滑進喉嚨。

房內的昏暗出現了動靜，睡在凹間貓籠裡的小黑起床了。

小黑踏著無聲的步伐橫越室內來到木板房。妙子對牠說了聲「早安」，小黑就默默坐到對面的椅子上——「不幸」又來到她身邊了。

「才凌晨四點而已。妳也是因為年紀大了，變得容易早起嗎？」

她對小黑這麼說，隨後又呢喃道：「啊，但貓本來就是夜行性動物嗎？還是我記錯了？」

小黑像是用動作代替回答般，輕輕跳下椅子來到庭院，才走兩三步，牠的背影就融入黑暗當中了。如果夜獵是貓的天性，那黑貓或許有最優秀的獵人執照。

妙子開著窗等了一會，小黑卻沒回來，她將浴衣衣領收攏，踮起直接踩在木板地上的腳底。她懶得起身去拿棉袍或襪子，但一直待在外面的冰冷霧氣中可能會感冒。

「小黑，去睡回籠覺嘛。欸，小黑，好冷喔，我要關窗囉，可以嗎？」

庭院依舊鴉雀無聲，小黑到哪裡去了呢，甚至感受不到牠的氣息。

妙子心想「算了，還是穿上棉袍吧」，便轉頭看向屋內。

結果——眼前不是房間。

而是霧氣繚繞的湖泊。

原本放著棉被的地方，有個少女坐在那裡。

那個留著妹妹頭的少女穿著吊帶裙，看起來還是小學生。

到底是哪裡出錯了呢？少女這麼說。妳的人生是從什麼時候變得這麼「不幸」？

妙子露出苦笑，並用「這種說法是不是有點狡猾啊」的眼神看向少女，少女也調皮地笑著聳聳肩。

妳想見誰？

少女提問道，並用帶著惡作劇的眼神看著妙子，彷彿在說「我可以讓妳見到任何人」。

腦海中雖然浮現出幾個人的臉，但每張臉都飄浮了一會，又像肥皂泡泡破裂般消失無蹤。

只剩下飄浮在濃霧裡的少女——那個最讓她懷念的人的笑容。

妳很生氣嗎？妙子這麼問。我把人生過成這樣，妳會恨我嗎？

少女說：雖然有點驚訝，但我不恨妳呀。

我真的非常努力了，可是……該怎麼說呢，真的是諸事不順……討厭的人和惹我生氣的人，居然多到讓人煩躁的程度。不必一一說明，妳應該也明白吧？

少女默默點頭。

妙子繼續說：這是第一次。我第一次背叛、傷害別人，想讓他們痛苦難受……

被告知是癌末時，我竟然對死亡毫無恐懼。就像大人們費盡唇舌痛批的現代年輕人那樣，GAME OVER——我只覺得「我的人生」這部冗長的戲碼，馬上就要落幕了。

應該不會是完美結局，也不期待會有最後的大逆轉。但當我發現自己消失後，竟然沒有在世上留下任何東西時，就忽然悲從中來。

我的人生在「不幸」這個坡道上不停滑落，而我想在這段人生中留下一道爪痕，像被貓抓傷那種輕微的爪痕就好，我想在離世前留下點什麼。

為什麼——？

少女問道。

為什麼要選那些人——？

她一臉驚訝地質問。

那些人對妳這麼好，妳為什麼要背叛他們——？

「不要用『妳』來稱呼我！」

妙子發出尖叫。

聲音被霧氣吸收，就像耳朵進水時那樣，聽起來悶悶的，像是從很遠的地方傳來。

少女繼續問道。

明明還有其他可以傷害的人，妳為什麼要選那些人——？

這不是責怪，也不是訓斥，只是平淡又沉靜的提問。

妳為什麼要傷害最不想傷害的那群人——？

「不要用『妳』這個字！」

妙子再度放聲大叫，抓起桌上的玻璃杯試圖丟向少女，聲音卻跟剛才一樣被霧氣吸收，原本緊抓玻璃杯的手掌竟碰不到任何東西，變成無力的握拳。

少女說。

妳到底想在哪裡留下爪痕呢——？

這不是尋求答案的質問口吻。少女提問時像是在教誨幼童般，想讓她咬碎含糊難言的沉重沉默。

妙子回望少女。

眼神筆直且犀利。

少女輕笑一聲，用「正確的說法」將剛剛那句話重說一遍。

我，到底想在哪裡留下爪痕呢——？

從沿著河川的林道開回國道的途中，經過一道急彎後，初夏的陽光就像埋伏已久般灑落而下。

「今天變得很熱耶。」

副駕駛座的小黑沒勁地回了句「喔，是喔」——看起來像這樣。

「去海邊可能會曬黑喔。」

全身被體毛覆蓋的貓也會曬黑嗎？妙子心想：黑色毛皮在這種天氣應該很難熬吧。

開上國道後，車子朝著北方加速行駛，今晚她預訂的旅館位於向日本海延伸的海岬上。三天兩夜的旅程進入後半段，妙子必須做出決定的瞬間也一刻刻逼近。

「欸，妳的魔法還能用幾次？」

小黑輕輕伸了個懶腰，又將身子縮成一團。

在第二次的幻影中，她見到了想見的那些人，全都是以為再也見不到面的人。

「社長他們現在怎麼樣了呢？還沒發現帳戶的事嗎？還是已經發現了，正緊張地到處找我？」

他們真的都是好人。

少女——過去的妙子說得沒錯，她根本沒有必須傷害那些人的理由。

「我不太會形容……但妳應該懂吧？」

畢竟是貓嘛。

不是對飼主宣示忠誠的狗，而是雲淡風輕、反覆無常，總是按自己步調生活的貓。

小黑發出呼嚕聲，像在同意妙子的說法，反倒也像從一開始就沒打算理會她。

車子穿過長長的隧道，還看到隧道正中間有個分水嶺的告示牌。從現在開始是一段下坡路，離日本海還有大約一百公里。

「小黑，我們到很多地方旅行過吧，去過太多地方，連去了哪裡和旅途細節都忘記了。」

曾經在飯店辦理入住後，進房間就趴在床上大哭一場；曾經手機很快就收不到訊號，在電話亭講電話的時間比開車的時間還要長；曾經在夜晚喝到爛醉鬧得厲害；曾經笑著說要搭訕路過的男人，結果根本沒勇氣搭話，夜晚只能獨自入眠；曾經將車停在高原牧場，將車窗全部打開，只為了睡一會午覺；曾經一整天都在眺望河流。

每一次，小黑都坐在副駕駛座上。

一點也不討喜，卻也不會吵著想下車，「不幸」永遠都陪在妙子身旁。

妙子說：「今天是最後一次了。」

她將方向盤往右轉，跨越中線轉進彎道。

對向沒有來車。

她在下一個彎道也做了一樣的事，但這次對向依然沒有來車。

要轉進第三個彎道前，她將方向盤轉回左邊。

「……開玩笑的。」她苦笑道。「不能給別人添麻煩。」

小黑發出「呼～！」的低吟聲。

牠瞪著妙子，全身都炸毛了。

在生氣嗎──？

妙子心想「妳氣我也沒用啊」並將視線別開。有什麼關係，妳的日子也不多了……就陪陪我嘛。

小黑不斷發出「呼～！呼～！呼～！」的低吟聲。

看見大海了。

車內廣播報導了這起案件。

報導中將妙子介紹成「負責會計職務的女員工」。「女員工似乎知道某些內幕，目前行蹤成謎，警方正在追蹤她的去向。」——妙子心想：好像那種兩小時的懸疑電視劇喔。

已經超時好幾天的那輛車，很快就被投幣式停車場報警投訴了。警方從車牌號碼推斷出妙子的身分，在周遭打聽消息，也在租車公司的出借名單中發現妙子租了Mercedes-Benz。

雖然這個堅持毫無意義可言，但如果可以的話，真希望警方不是透過租車公司，而是從毛毯貓的事務所管道找到她。

他們來到沙灘。這裡到了夏天就會變成熱鬧的海水浴場，但現在連海之家的組合屋都尚未搭建，更看不見散步的人影。

這片海好寧靜。

妙子下車打開副駕門後，小黑也像是「嘿咻」一聲跳出車外。陽光的反射好刺眼，早知道就隨便買個寬帽沿的帽子和墨鏡了。

「欸，小黑，貓喜歡游泳嗎？」

某本書上寫到，貓咪最討厭毛皮被弄溼。

「但也有人說緬因貓是貓跟浣熊的混血嘛，浣熊不是會游泳嗎？還是我記錯了？到底會不會啊……」

妙子喃喃自語地走向岸邊。

小黑也難得——像狗一樣跟在妙子身後。

她將海潮氣味吸入鼻腔，再緩緩呼出。她停下腳步，反覆呼吸了好幾次，胸腔裡的空氣已經完全被替換掉了。

在妙子深呼吸時，小黑越過她繼續往岸邊前進。

牠對打上岸的浪花沒有一絲懼怕或猶豫，慢悠悠地左右晃動龐大身軀，繼續往海水靠近。

「小黑。」

小黑依舊往海邊走去。

「小黑，其實我啊……今天本來，想隨便找個地方去……」

妙子倒抽一口氣。

「死」這個字本來已經來到喉間，卻又滾落心頭。

小黑走進海裡了。

海浪沖上岸邊。

起初只是踩在溼沙上頭，卻被沿岸流拉進海中，身體載浮載沉。

「小黑，危險！」

妙子立刻衝向前，腳上還穿著鞋子，也沒心思拉起裙襬，就往海裡猛衝。

小黑在離岸邊約莫一公尺的地方掙扎。

妙子伸手想抓住小黑，下一波海浪卻又打過來，將小黑的身體又往海面推。

「小黑！」

從一公尺變成兩公尺、三公尺……或許是溼答答的黑色毛皮讓身體變重，小黑開始在海浪中若隱若現，慢慢往下沉。

妙子發出無聲的慘叫，下半身完全浸在水中，仍繼續追趕小黑。

腰部、胸部、肩膀、下顎……腳已經踩不到地了。水嗆入妙子口中，鼻腔深處忽然一陣刺痛，又苦又鹹的疼痛直接竄進眼窩後方。

她開始游泳。

拚命將手往前伸。

指尖碰到了小黑的毛皮。

海浪又打過來。

小黑的身體被沖遠了。

妙子又奮力伸出手。

海浪又打過來。

小黑發出「嗚喵呀！」的叫聲。

海浪又打過來。

流入耳朵的水拍打鼓膜的聲音，好像某人在痛罵「笨蛋！笨蛋！笨蛋！」一樣。

好懷念啊。

那或許是好久以前就離世的母親的聲音——在很久之後，這個猜測才浮上她的心頭。

妙子躺在乾燥的沙灘上，臉頰又刺又麻。

「……妳在搞什麼啊。」

她輕輕瞪了躺在旁邊的小黑一眼。小黑溼答答的毛皮沾滿了沙子，似乎完全忘記剛剛差點溺水的事，還在戳弄埋在沙子裡的碎木片。

「妳好像做天婦羅或炸物時被裹粉的食材喔。」

原本想笑著說這句話，結果一看到小黑，就不由自主開始掉眼淚。

剛剛來到嘴邊又吞下去的那個字，不知是沉到肚子裡，還是被海浪拍打時徹底粉碎，已經不知道到哪裡去了。

「剛剛那是……最後的魔法嗎？」

小黑沒有回答。

妙子心想「算了」，便仰躺在地看著蔚藍晴空。

「小黑。」

海浪聲越來越遠，妙子覺得眼皮好重，睡意席捲而來。

「小黑……下次再去兜風吧。我會去接妳，跟我去兜風好嗎？雖然不知道要過幾年才能去接妳……但妳要再活久一點喔……」

妙子輕撫腹部的手術疤痕說了聲「小癌」，苦笑隨即浮現，卻又掉了下來。

「小癌，妳也還想去兜風吧？那就和我好好相處吧。如果我死了，妳就哪裡也不能去了唷。」

遠方傳來了車聲，煞車聲，車門開關的聲音。妙子躺在地上睜開眼，發現警車停在賓士前面。此時穿著制服的警官看了看賓士的車牌號碼，將無線電麥克風放在嘴邊。

妙子輕輕閉上眼睛。

「小黑，再一起去兜風吧……」

小黑起身來到妙子身旁。

依偎在她身邊。

妙子閉著眼將手伸向小黑的背，撫摸著「不幸」。她從眼瞼縫隙間，看見沐浴在陽光下微微顫動的睫毛綻放出七彩光芒。

沒有尾巴的毛毯貓

1

坐在會客沙發翻閱檔案夾的少年忽然停下手，碰碰坐在一旁的父親手肘說：

「欸，這個……」

「怎麼？有看到喜歡的？」

「嗯……算是吧……」

「哪隻？」

父親看向檔案夾，少年則往後退，像是在躲避父親擅自湊近的頭，並指著頁面下方的那張照片說：「這隻叫曼島貓的貓。」

「我沒聽過這種貓。」

「……我也是。」

「曼島貓啊，不覺得看起來比例很怪嗎？」

父親有些疑惑地歪著頭，對櫃檯後方的店長問：「曼島貓就是這種東西嗎？」

「是啊。」店長態度冷漠地點點頭。「就是這種東西。」

曼島貓——原產於英國曼島的短毛種，又名兔貓。

少年看了附在照片下方的簡短說明後，向店長問道：「為什麼是兔子？」

「因為會像兔子一樣跳來跳去。」

店長一改方才的回答態度，變得和藹可親。

「明明是貓耶？」

「沒錯。仔細觀察照片就能發現，這種貓的後腳遠比前腳還要長，所以走起路來就像在跳，跟兔子一模一樣。」

「是喔~」少年瞪大雙眼。

「而且啊，」店長笑著說：「照片裡的貓沒有尾巴吧，這就是曼島貓的特徵。」

「……真的耶，沒有尾巴。」

「依據尾巴長短，曼島貓的稱呼也會改變。首先是完全沒有尾巴的無尾貓，再來根據尾巴長度，分別有短尾貓、殘尾貓和長尾貓之稱，但聽說尾巴越短越有價值。我們家的毛毯貓就是短尾貓。」

聽店長自豪地這麼說，父親露出傻眼的笑容打斷他的話。

「簡而言之，這算是一種畸形吧？而且是畸形才有價值對吧？人類真是殘酷啊，為了滿足私慾，居然培育出這種沒有尾巴的貓。」

「您誤會了，據說曼島貓是基因突變的物種。」

店長的語氣十分嚴厲。

父親有些畏縮地叼著菸說：「算了，怎樣都行。浩二，快點決定吧，你要曼島貓嗎？」

「嗯……但再等我一下下。」

少年將檔案夾翻到下一頁。

父親又在一旁盯著檔案夾笑道：「真的有很多種類耶，只不過是貓而已。」吐出的煙霧掠過少年的鼻尖，少年憋住呼吸回了個客套笑容，又翻回原本那一頁。

「我還是想要曼島貓。」

父親叼著菸點點頭說：「好，知道了，決定好了吧，確定喔？」就起身走向櫃檯。

「沒尾巴的貓感覺怪噁心的，但我兒子喜歡，就要這隻吧。三天兩夜多少錢？」

見父親立刻要從外套口袋掏出錢包，店長面無表情地說：

「方便請教幾個問題嗎？」

「嗯？」

「您兒子幾歲了？」

「國一啊。」

「是您兒子要租借嗎？」

「對啊，錢當然是我來付。還有，如果需要保證人的話，我來簽就行了吧？我是他爸，也是個正經的社會人士。」

店長點點頭說：「原來如此。」

接著他嘆了口氣，又說了一次「原來如此」之後，看著父親說：

「很抱歉，我沒辦法將貓租給未成年的客人。」

「給我等一下。」父親面有慍色地將身子探到櫃檯前。「這種事你早點說啊。」

店長神情依舊地說：「您應該看過官方網站了吧，注意事項中確實有標明……」

父親勃然大怒，拉高嗓門大吼：「誰會去細看那種東西啊！我們走進店裡的時候，你就該說清楚啊，難道不是嗎！」

店長聳聳肩垂下視線，不去理會父親的怒吼。

少年也坐在沙發上，同樣縮起身子低著頭。

抬眼看見這一幕後，店長再次轉頭看向父親。

「未成年客人要租借時，基本上會要求以監護人的名義租借。」

「那就用我的名字啊，當作是我要借不就得了？需要寫什麼文件嗎？我可以馬上寫，快拿出來。」

店長從文件櫃拿出租借申請書，「呼」地嘆了口氣，又把申請書放回櫃子。

「很抱歉，還是不能借給您。能請您另尋他店嗎？」

「……什麼意思？」

父親瞪了店長一眼。根本不是凶神惡煞的長相，比起假日的便服，西裝應該更適合他——在購物或外出用餐時總愛對店員耍威風的，絕大部分都是這種人。

「曼島貓很重感情，個性又纖細，能敏感地區分出飼主是否疼愛自己，所以必須好好疼愛牠才行……」

「不必你操心。」

「要將貓咪租借給孩子，最大的前提是父母也要一起疼愛貓咪，否則孩子沒辦法照顧貓咪的時候，會出大事的。」

「就說會好好疼牠了，你不相信客人說的話嗎？」

「不是這個意思……」

「你也是做生意的吧？客人說想借，你乖乖照做不就好了嗎？」

真是性急。

只要情況不順著自己的意思發展，就會直接擺臭臉。

「您有養過貓嗎？」

「沒有啊，但我們可以啦，畢竟才短短三天而已。」

自信滿滿。

沒有絲毫根據。

以貓的飼主來說——正因為只有「短短」三天，才更不適合。

店長無奈地將視線從父親臉上別開，觀察少年的狀況。

兩人四目相交。

少年跟剛剛一樣縮起身子，看著父親和店長爭執，就像是自己被罵一樣，父親盛氣凌人的態度也讓他坐立難安。

店長詢問少年：「你喜歡曼島貓嗎？」

少年默默點頭。

「那就破例用你的名字租借吧。」

「……可以嗎？」

「可以啊，雖然只有三天，但你要好好疼愛牠喔。」

店長再次從文件櫃拿出申請書，招招手示意他過來。

被無視的父親有些掃興地說「適可而止吧」並回到沙發上。他想彈掉菸灰，卻發現店裡沒有菸灰缸，便咂了聲舌起身離開座位。

「浩二，爸爸去外面等你，趕快寫一寫把貓借回去。」

父親走出店外。

只留下他渾身散發的不滿情緒。

少年在申請書填寫地址時，用微弱的聲音說：「對不起，我爸是個急性子。」

店長苦笑著說：「浩二不需要為此道歉。」

「……你剛剛生氣了吧？」

「剛剛？」

「爸爸用『這種東西』形容曼島貓的時候。」

店長又笑著說：「我沒放在心上喔。」隨後又補上一句：「叔叔本來也不是什麼大好人。」

至此，少年臉上才終於出現笑容，他有一雙大大的眼睛，長得跟父親實在不怎麼像。個性稍嫌軟弱，但或許是老師喜歡的好孩子，在同齡女孩之間應該也很受歡迎……甚至讓人覺得母親會成天黏在這孩子身邊，把老公晾在一旁。

「你喜歡貓嗎？」

「只要是動物我都喜歡。體型嬌小，讓人想抱進懷裡的感覺很棒。」

「你喜歡曼島貓哪一點？」

「一開始只是直覺，但明明是貓卻跟兔子一樣蹦蹦跳跳，還有沒尾巴的特點都很稀奇，讓人有點羨慕。」

「跟你說說曼島貓為什麼沒尾巴吧。」

「有原因嗎？」

少年抬起頭瞪大雙眼。他驚訝的時候應該習慣把眼睛瞪得圓滾滾的吧。

「雖然只是傳說，但曼島貓是最後一個搭上諾亞方舟的動物。你知道諾亞方舟吧？」

「……大洪水嗎？」

「沒錯。曼島貓最後跳上方舟，但那時方舟正好要關門了，曼島貓的尾巴才會被夾斷。」

少年的眼睛瞪得更大，用興奮的語氣說：「好厲害！曼島貓運氣真好！」

「是嗎？可是牠的尾巴被夾斷了耶，應該是可憐的貓吧。」

「但沒搭上方舟的話，牠就會死於大洪水啊。只要慢個幾秒就拜拜了，所以牠在最後一刻趕上應該是超級幸運，運氣很好吧？」

店長也用力點點頭說：「原來如此……浩二是個思想很正向的孩子呢。」

少年害羞地發出「欸嘿嘿」的笑聲。

少年坐進車子後座後，父親就放下手剎車，用依舊怒氣難消的語氣說：「這間店真是亂七八糟……如果他還是不租，爸爸真的會生氣喔。」

少年不發一語，用雙手捧著放在腿上的貓籠。貓籠裡是一隻裹著毛毯的曼島貓。

少年將蓋子打開一道小縫，用手指輕撫牠的黑色背部說「浩、二」。

「那個店長跟浩二說話的口氣也很離譜吧，一副裝熟的樣子，因為你是小孩子就看不起你。爸爸最討厭那種人了。」

少年知道父親隔著後照鏡看他，所以輕輕勾起一抹笑容。

「浩二太善良了，可能沒發現這件事，但哪有人用那種態度待客的啊。」

聽到「太善良了」這幾個字——少年收起了笑容。

「欸，浩二。」

「怎麼了？」

「學校好玩嗎？」

「嗯……普普通通吧。」

「沒有被霸凌吧？還好嗎？如果，真的只是假設而已，如果發生什麼事，一定要跟爸爸媽媽說喔。」

「我沒事。」

「但你突然說想借貓……讓媽媽也很擔心，以為你發生什麼事了。真的沒事嗎？什麼事都沒發生嗎？沒問題吧？」

「什麼事都沒有。」

「那就好……你看，有些小孩碰到霸凌不敢跟別人講，一個人煩惱到死掉了，你絕對不能變成那樣喔。只是一點點小事也沒關係，總之有煩惱就跟爸爸說，找爸爸討論。爸爸無論如何都會保護你，就算要殺掉那些霸凌者，或是跟學校吵架，我都不怕。」

父親說得有些虛張聲勢，還特地強調：「我是說真的喔，爸爸生起氣來真的很恐怖，別把我跟那些軟弱老爸相提並論。」

少年笑道：「我知道啦。」

少年也明白父親這些話不是謊言、虛榮或逞強，他從以前就是這樣。小學四年級時，雖然不到霸凌的程度，但少年因為輕微碰撞流鼻血，父親就到那個小孩家裡破口大罵，還逼對方母親下跪道歉。六年級時，明明好幾個同伴都做了一樣的惡作劇，班導卻只把少年一個人罵得狗血淋頭，父親就寫信給教育委員會，結果連訓導主任跟校長都遭殃。

一碰到浩二的事，我就昏頭轉向了——

少年曾經在客廳外的走廊上，偶然聽見父親對母親這麼說。父親的語氣聽起來像是對自己有些無奈，卻也帶著幾分自賣自誇的意思。

車子經過多摩川的橋，駛進少年居住的住宅區，從岔路開出來的車卻擋住了他們的去路，讓車間距離頓時縮短。父親心不甘情不願地減速，還酸了一句：「所以才說不能週末出門嘛，這些遜咖開車跟烏龜一樣。」

少年再次打開貓籠蓋子，輕撫曼島貓的背部。

「浩、二……」

「嗯？你說什麼？」

「……沒有。」

少年給曼島貓取的名字是浩二——跟自己一樣。聽了諾亞方舟的傳說後，他就決定取這個名字，希望能沾沾在最後一刻逃過洪水淹沒的曼島貓的超強運氣。

「但疼愛動物也是好事啦，你從小就有這種體貼的一面。」

父親說了聲「對吧？」要求他回話時，少年口袋裡的手機響了。

是簡訊通知聲。

「手機還是不太好啊……對國中生還太早了。」

說到一半被打斷的父親忽然鬧起脾氣。說穿了，小學六年級上補習班的時候，用「走夜路很危險」這個理由逼他帶手機的人，就是父親自己啊。

少年點開收到的簡訊。

主旨是——「好像不太妙……」。

寄件人是同學長谷川。

「雖然只是聽說，但山修昨晚好像跟他爸媽告狀了，怎麼辦！」

一股冰冷觸感滑過少年的背脊，腹部深處反而卻忽然發熱。

將手機蓋關上後，少年緊緊抱住放著『浩二』的貓籠。

「但我說真的，如果在學校遇到不開心的事，一定要找爸爸商量喔。」

父親這麼說。

『浩二』代替少年發出「咪嗚」的可愛叫聲。

2

回到家跟曼島貓玩的時候，同學也傳了好幾封簡訊來。

「緊急山修情報！聽說山修的爸媽去學校了」「校長室燈亮了，可能真的死定了」「山修氣死我了，殺！」「我匿名打到戶山家，他老婆說有急事趕去學校了，我們的大危機？」……

少年沒有回覆任何一封簡訊。

寵物店店長說得沒錯，曼島貓真的像兔子一樣蹦蹦跳跳。仔細觀察就會發現，牠的前後腳長度真的不太均衡。如果牠是野生動物的話，身上有太多不利於生存的特徵，以自然淘汰原則來看，就算在很久以前就滅亡也不稀奇——這一點是不是跟牠勉強趕上諾亞方舟的好運氣有關？

晚餐後收到的簡訊，風向發生了微妙的改變。

「昨晚山修自殺未遂，真的假的？」「聽說他在遺書上寫了名字，這是聽山修爸媽的朋友說的，可信度超高」「主謀是浩二吧，那就拜託你啦（開玩笑的，但真的拜託了）」「我們會被逮捕嗎？」……

少年偷偷將家裡的無線電話子機帶回房間。

萬一學校打到家裡來，無論如何都得搶在父母之前接到電話。母親也就罷了，要是先被父親接到電話，那可就糟了。

他總認為少年是——溫柔的好孩子。

成績雖然不錯，但身為獨生子還是有些內向，可能會被朋友欺負——父親總是如此看待少年。

他什麼都不懂。

什麼都沒發現。

母親本來就是粗枝大葉的人，但父親讀了好幾本育兒書籍和霸凌題材的紀實文學，還努力學習如何辨別「霸凌的訊號」或「孩子的ＳＯＳ」，簡直操碎了心。少年在網路上知道貓咪租借的事情後，主動提議「想借一隻貓看看」時，父親雖然故作大氣地說「喔，好啊」，但聽母親說他事後偷偷又把那些書拿來重讀。

真的什麼也不懂。

父親既遲鈍又自以為是，最後變成了無可救藥的恐龍家長。

少年總用冷漠眼神看著父親的背影。快要跟回過頭的父親對上視線時，就會急忙低下頭去。

「霸凌的訊號」有兩種。

一種是「被別人霸凌的訊號」，另一種是「霸凌別人的訊號」——書上寫的全是「被霸凌的訊號」，所以父親到現在都沒發現。

少年摸著曼島貓的背喊了牠的名字。喊出自己的名字『浩二』後，不知為何，背上的重擔也減輕了些。

「浩二，山修很過分吧，怎麼可以跟父母告狀呢……這樣當然會被霸凌啊。」

山修——山本修吾，全班男生都不喜歡他。雖然沒有給人添麻煩，也沒有背叛他人，但他做的每件事都讓人看不順眼。

「浩二，你知道嗎？山修那傢伙絕對喜歡你啦。」

剛上國中的時候，少年跟山修感情還不錯。少年沒有特別把他視為「朋友」，但山修每到下課時間就會喊著「小浩、小浩」湊過來。去廁所的時候，明明沒找他也會自己跟過來，吃便當的時候，明明沒喊他，他也會神不知鬼不覺地坐在旁邊。

「那傢伙是在跟你撒嬌吧。什麼意思啊，對愛太飢渴了嗎？」

『浩二』乖巧地坐在地上，但似乎有點膩了，又跳呀跳地離開少年。

「唉，現在想想，這也是浩二的魅力吧？」

少年「呀哈」地笑出聲來。

笑完之後，他偷偷看了一眼無線電話子機，將嘆息嚥了回去。

山修這人並不壞，但就是讓人很反感。

他話很多，聲音又很尖銳。父母的名字和工作、有沒有兄弟姊妹、為什麼是獨生子、喜歡吃什麼、討厭吃什麼、喜歡什麼運動、討厭什麼運動……這種無關緊要的小事都要全部問一輪。明明知道答案又不能怎樣，他還是會不厭其煩地問個不停。

「那傢伙沒有其他事好說了吧。但你不說話，他又會覺得你討厭他，結果變得更多話，真的很蠢耶，對吧，浩二。」

起初雖然覺得山修很煩，但還在容忍範圍內。只要在他喊著「小浩、小浩」的時候予以回應，基本上山修都會乖乖聽話。會幫忙拿東西，讓他抄寫功課筆記，把便當的水煮蛋送給他吃……某次放學時，少年曾抱著姑且一試的心情說「去麥當勞請我吃漢堡」，山修也乖乖照做，真的是……

「不敢相信耶，白癡。」

少年順勢躺倒在床上，盯著『浩二』看。

因為沒有尾巴，讓『浩二』背對著少年的背影看起來毫無防備。

寵物店店長有交代，絕對不能打曼島貓的尾巴。曼島貓缺少脊椎最末端的骨頭，所以尾巴很脆弱。這也是跳上諾亞方舟的代價。

「我真搞不懂……你的運氣到底是好還是壞。」

『浩二』動作緩慢地伸展身體，然後又像兔子一樣跳呀跳的。

少年翻身變成仰躺姿勢看著天花板，電話還沒響。沒事，沒事，我會安全過關——雖然想讓自己安心，不安的情緒卻難以抹滅，反而隨著時間流逝變得更慌張了。

少年拿起手機，打開簡訊收件欄。

在同學傳來的簡訊中，他又重看了「主謀是浩二吧，那就拜託你啦（開玩笑的，但真的拜託了）」這一則。

他心想「別開玩笑了」，並刪除簡訊。

內心又充斥著忐忑。

少年忽然發現，『浩二』居然轉過身子看著他。

「……幹嘛啦，浩二，你現在才在害怕嗎？」

『浩二』面無表情，只是用宛如玻璃珠的渾圓雙眼盯著少年。

「你不是一個人，這不是你一個人的錯……」

如果父親知道真相，會不會說出這種話，努力保護他，為他挺身而戰呢？

「浩二，如果有人欺負你，爸爸絕對會賭上性命保護你」——父親總是把這句話掛在嘴邊。

但如果立場相反，他又會做何感想？少年從來沒問過這件事。

將近晚上十點時，家裡電話響了。

趕快接起來——

少年腦袋裡這麼想，還盯著螢幕上閃爍綠色光點的子機看，身體卻動不了。

螢幕上的顯示文字，從來電號碼變成「母機使用中」。

少年屏住呼吸。

閉上雙眼。

「這是什麼意思！」

父親衝著電話另一頭怒吼的聲音，聽起來好遙遠，讓他分不清是現實還是幻覺。

五月漸漸習慣學校生活後，少年也多了幾個合得來的夥伴。原本跟就讀其他小學的人還有點生疏，現在也打成一片了。

山修卻還是一直黏著少年，沒打算找新朋友。不僅如此，只要少年跟其他同學聊天，山修就像是要從後方把他拉回去似的，沒什麼事也會「小浩、小浩」喊個不停。就算少年因為話題被打斷生氣地瞪他一眼，但光是願意回頭就能讓他心滿意足，並用尖銳的嗓音詢問「小浩，你今天早餐吃什麼？」這種可有可無的小事。

煩死了。

煩死了。

煩死了。

五月中旬，值日生山修到教職員辦公室時，飯島忽然問：「山修跟浩二是好朋友嗎？」

柳瀨也調侃道：「你們在搞同性戀喔？」

而鈴木像是在玩「黑鬍子危機一發」遊戲時，將刀子插進木桶那樣說道：「可是啊，不覺得山修讓人很火大嗎？」

周遭所有人頓時露出疑惑的表情，但其中一人點頭附和「對啊～」之後，其他人也像是鬆一口氣般紛紛說著「嗯」、「真的耶」、「我也這麼覺得」。

唯獨少年依舊沉默。

「雖然對浩二有點不好意思。」

富山做出單手賠罪的手勢笑了笑，又補上一句：「但這件事不能跟山修說喔。」

少年的背脊竄過一股寒意，心想：完蛋了，再這樣下去，大家就要把他跟山修綁在一起了。

「聽說山修國小的時候有稍~微被欺負過耶。」「啊，我懂，他就是那種角色吧？」「聲音有夠吵。」「他還會抬眼看人耶，我快吐了。」「還是說，我們也來霸凌他~」「不行吧。」「開玩笑的啦~」「但那傢伙真的讓人很火大耶。」……

富山又轉頭看向少年說：「浩二，你可別出賣我們喔。」臉上還帶著笑容。這只是個小玩笑，但也不確定何時會變質。

少年慌張地說：

「我也、看他很不爽。」

他覺得——光這一句話還不夠。

「我們真的來霸凌山修吧。」

所有人頓時開始起鬨。

「哇，既然浩二開口了，我倒是可以奉陪一下。」

所有人都點頭同意富山的說詞。

少年的背脊再次竄過一股寒意。

被當成主謀了。

但他已經無路可逃。

這時辦完事情的山修回到教室，一看到少年，他就像往常那樣喊著「小浩、小浩」湊了過來。

富山他們看了少年一眼，露出不懷好意的笑，似乎要他嘗試看看。

「小浩，剛剛我在走廊上走的時候……」

少年將山修尖銳的聲音打斷，說：「閉嘴啦你。」

他往愣在原地的山修肩膀用力一推。

「滾一邊去，白癡！」

忽然被攻擊的山修，直接倒向後方的書桌。

「怎麼不去死啊……」

少年拋下這句話就大步離開現場，富山他們也跟在後頭，有個人還說：「浩二也挺狠的嘛。」聽到這句話，少年鬆了一口氣——後來他卻覺得這樣的自己相當可悲。

少年睜開眼，子機螢幕上依然顯示著「母機使用中」。
這通電話講得真久。
講這麼久，搞不好是爸爸或媽媽的朋友打來的……
少年撐起身子，將窩在床邊的『浩二』抱了起來。
因為後腳比較長，身體又胖胖的，所以托著屁股抱起來比較輕鬆。在陌生家中被陌生人類抱著，『浩二』卻十分乖巧。無論是吃貓糧還是上廁所都不必費心，連母親都佩服讚嘆「真了不起」。「不夠聰明或個性太差的貓，就沒有辦法勝任毛毯貓的工作。」店長說得沒錯，牠在曼島貓當中也算是優等生吧。
少年喉嚨一陣乾渴，決定等電話講完就下樓去喝果汁。
「浩二，你要喝嗎？喝一點點應該沒關係吧。」
為了抹去依舊縈繞在心中的那股不安，少年故意出聲說道。
「喝一點嘛，好不好。」少年輕撫『浩二』的頭這麼說，這時子機螢幕忽然暗了下來。
電話講完了。

「好，那我去樓下拿果汁過來。」

正當他將『浩二』放在床上時——樓下傳來母親的聲音。

「小浩，下來。」

毫無笑意的低沉嗓音。

少年愣了一會沒回答，接著又聽到父親怒吼：「快點下來！」

少年縮起身子，從後方緊緊抱住『浩二』，讓自己跟勉強趕上諾亞方舟出航的幸運貓咪貼在一塊。

我也在最後一刻趕上了。如果當時沒拋下山修，現在我的下場也會很慘，所以我也是逼不得已、逼不得已、逼不得已……

『浩二』發出低吟。剛剛明明那麼乖巧，現在卻用力搖晃背部，抗拒少年的懷抱。

「你在幹嘛！快點下來！」

父親都喊到破音了。

3

自殺未遂——聽到父親說出這幾個字，少年忽然覺得很不真實。

他心想：好像電視情節喔。

電視裡遭受霸凌的人，跟電視裡霸凌別人的人。每次在連續劇或新聞看到這些人，少年都會覺得莫名害臊，忍不住勾起嘴角發笑。

所以現在也是——

「你笑什麼！」

他被父親痛罵一頓。「你到底有沒有搞清楚現在是什麼狀況！」這聲怒吼又破音了。

山修昨晚洗澡時用剃刀割了手腕。傷口沒有很嚴重，只是因為冒了點血他就大吼大叫，父母慌張地衝進浴室查看……才發現他在換洗衣物上放了一封遺書。

遺書上列舉了霸凌自己的同學姓名。

少年心想：連這種地方——也好像電視情節喔。

有種電視世界流入現實世界的感覺。他在不知不覺中收到了連續劇或新聞的劇本，不知不覺間被分配了角色，不知不覺間就聽見「三、二、一」正式開拍……

「也有你的名字。」

父親用「所以事到如今別想找藉口開脫」這句話斷了他的退路。

母親露出泫然欲泣的表情說「親愛的……」試圖制止，父親卻說「閉嘴」沒打算理會她，將睡衣脫了扔在地上，狠狠瞪著少年。

「爸爸真是錯看你了。我不是常說嗎？只有最沒用的廢物才會去霸凌別人。」

少年默默低著頭。

「你背叛了爸爸，是不是？你背叛了爸爸的信任，我有說錯嗎？沒錯吧？」

少年喉嚨一陣緊縮，無法發聲也難以喘息。

父親將掛在門樑上的襯衫一把扯下，動作粗魯地扣上釦子。

「為什麼要欺負山本同學？好好看著爸爸的臉，老實跟我說。」

父親的聲音有些嘶啞。

少年沒有抬頭，全身都僵住了，牙關不停打顫。

好可怕。

不是被暴力相向的恐懼，而是埋藏在更深處，宛如被鬼壓床的驚悚感。

「我再問一次，你為什麼要欺負山本同學？」

少年的身體和心靈都動彈不得。

父親不會接受沉默這種回答，就算將真心話藏在轉開的目光中，父親也不會原諒他。

父親轉向母親說：「不能只穿西裝外套，把整套西裝拿過來。」

他等等要去學校吧，班導戶山老師跟校長正在等他吧。如果是電視世界，被叫到學校的父母應該會互相推卸責任，現實世界或許也會上演同樣的戲碼。

「你是受人指使的，只坦承這件事也行。你是受人命令才會加入霸凌團體，爸爸會好好跟那孩子的父母說清楚，快告訴我。」

不對，沒有任何人指使我。少年低聲呢喃道。堵在胸口的話語裂成無數碎片，刺扎著喉嚨深處。

換上西裝打好領帶後，父親咂了聲舌說：

「總而言之，不管發生什麼事，爸爸都會保護浩二。那個同學一定是有某些原因才會被霸凌，你可能不想供出主謀，但一定有人故意慫恿大家去欺負他。就算那個臭小鬼死不開口，只要看到他爸媽就知道是誰了。」

少年依舊低著頭，表情逐漸扭曲。

最後，父親又說了一次：「放心吧，爸爸會保護你。」但聽起來不像是對兒子說，反而像在安慰自己似的。

少年躲回自己房間抱住『浩二』，輕撫『浩二』的尾巴。用勉強趕上諾亞方舟的幸運換來失去尾巴的代價，讓牠的屁股摸起來像布偶一樣柔軟。

「浩二……」

少年喊出自己的名字。

「浩二、浩二、浩二……」

喊了一次又一次，心情才稍微平復了些。

「欸，浩二。」——跟父親在一起時的自己，連同名字一起從肉體逐漸剝落。

「爸爸是認真的，他是真的要保護你。」

剛才忽然跳開的舉動像是騙人的一樣，現在『浩二』乖乖地被少年擁在懷裡。

「山修很蠢吧，居然真的跑去自殺，那傢伙有夠蠢的。你可是主謀喔，怎麼辦？欸，是你把那傢伙逼上絕路的，對吧？如果你沒跟他絕交，他、他還會……被大家欺負嗎……應該……不……不可能吧……」

淚水盈滿眼眶。

「你這個卑鄙小人，孬種，窩囊得要死，真的一點骨氣都沒有。」

放在『浩二』背上的右手掌，緩緩縮成起重機鉤爪的形狀。

「都是你的錯。」

他模仿父親的口氣繼續說道：「你背叛了爸爸的信任，可惡的叛徒。」

五根手指慢慢咬進『浩二』的背部。

「爸爸……這麼相信你……卻被你騙了……」

『浩二』那身比外觀看起來還要蓬鬆的毛皮，纏繞在少年的手指上。

能感受到柔軟的肌膚觸感。

『浩二』發出有些不悅的低吼，開始扭動身軀。

「爸爸……這輩子、都不會原諒你……」

少年緊緊按住試圖掙脫的『浩二』，用力抓著牠的背部。

『浩二』將修長的後腳當成彈簧跳了起來，背部肌肉一使力，就輕而易舉掙脫少年的手指。

跳開後，『浩二』轉過身子衝向少年。

將利爪伸向他的臉頰——

還有保護臉龐的右手臂——

雖然只有一瞬間，卻爆發了讓人喘不過氣的驚人獸性。

少年用面紙擦掉臉頰和右手臂滲出的血，往樓下走去。

客廳電視開著，母親卻背對電視趴在餐桌上。

不知是沒注意到少年的腳步聲和氣息，還是裝作沒發現，母親還是維持這個姿勢不動。少年也沒出聲，直接在客廳沙發坐下。

他瞥了一眼放在正面邊櫃上的全家福照片，並低下頭去。相框中小學一年級的少年，被比現在年輕許多的父親摟著肩膀，露出羞赧的笑容。

浩二是爸爸的全世界喔——從那時候起，父親就一直將這句話掛在嘴邊。

父親對他充滿期待。

為他操心憂煩。

「嗯，真棒，不愧是爸爸的好兒子。」這句讚美，跟「你這樣還敢說是爸爸的兒子嗎？」這句痛罵，總會輪流出現。

如果從嬰兒時期開始計算，不知道哪一句話出現的次數比較多。但如果從現在到長大成人，會是哪一句話出現的次數比較多呢……少年隱約能猜到答案。

母親依舊趴在餐桌上，嘆了口氣問道：「小浩，貓已經睡了嗎？」

「……還醒著。」

「現在幾點了？」

「……十一點多了。」

還沒接到父親的消息。

母親說：「去睡吧，山本同學的事明天再說。」

少年默默點頭，卻沒有起身離開沙發。

他也很想睡，想放空腦袋不要做夢，一頭沉入黑暗中大睡一場——逃避現實。

但就算躺在床上，他應該也睡不著吧。不管多用力閉上雙眼，心中那雙眼睛還是會帶著恐懼緊盯黑暗吧。

被『浩二』抓傷的臉頰至今仍隱隱作痛。

右手臂的傷口不知何時又開始滲血了。

「欸，小浩。」

「……怎麼了？」

「你為什麼忽然說想借貓？」

「……碰巧在網路上看到的。」

「是在煩惱霸凌的事嗎？」

少年偷偷瞄了餐桌一眼，確定母親還趴在桌上後，才用幾不可聞的聲音回答

「對」。

「你擔心山本同學可能會自殺嗎？」

「我沒有……想這麼多……」

「你不想欺負他了嗎？」

我不知道。少年微微動了動嘴巴。

「是不是哪個朋友要你去欺負山本同學？」

不是。說不出口的話再次碎裂，刺痛了喉嚨深處。

「去睡吧。」

母親又說：「等爸爸回來之後，媽媽再問清楚。」

見少年毫無反應，母親的背部微微發顫。

「拜託……能不能讓媽媽一個人靜一靜？」

她帶著哭腔哀求道。

失去容身之處的少年，這才離開客廳。

回到自己房間後，只見『浩二』在書桌底下戳著垃圾玩。少年坐在床緣，茫然地看著『浩二』的屁股。

沒有尾巴的貓。前後腳長度不成比例，像極了兔子的貓。他回想起父親白天時跟寵物店店長說的話。

「人類真是殘酷啊。」父親傻眼至極。「為了滿足私慾，居然培育出這種沒有尾巴的貓。」——他不知道曼島貓是基因突變的物種，還笑著這麼說。

少年雙手抱住自己的胸口。

心想——曼島貓是基因突變，但我不是。

是父親培育了少年，就只為了開心地說「不愧是我的好兒子」。

少年是被父親培育出來的。

他想被父親稱讚，不想讓父親失望。比起父親發脾氣破口大罵，他反而更害怕父親跟他講道理，阻斷他的所有退路。

「浩二。」

少年呼喚著『浩二』。

徹底褪下自我的他，盯著不成比例的『浩二』的屁股，勾起一抹冷笑。

「浩二……你以後該怎麼辦？這輩子都要害怕那個人嗎？永遠只會嚇得發抖，你還真沒用啊。」

明明帶著冷笑，腋下卻變得濡溼又滾燙。

「但你已經沒救了，爸爸已經不要你了，一定會對你百般蔑視，這輩子都不會原諒你。你還真可悲啊，活該自作自受……」

他用力抱緊胸口。

他想拚命擠出殘存在體內某處的自我，所以用力夾緊腋下。

額頭和鼻尖都沁出了汗。

「……你這種人還有生存的價值嗎？該自殺的不是山修，是你才對吧？」

臉頰跟右手臂的傷口都好痛。

『浩二』微微伏下身子，從書桌底下走了出來。

「你這種人……真的……沒有生存價值……」

他喃喃自語，渾身發顫，更用力抱緊胸口。

殺貓的少年——偶爾會在電視的世界中登場。殺人的孩子，會在拿刀刺向他人前先殺了貓，這種劇情很符合電視的調性。趕到案發現場的記者會說：「這孩子在學校十分乖巧，在家裡也是個正常的孩子。」攝影棚的評論家和名嘴會一臉嚴肅地說：「這個時代連普通孩子都會幹出這種事了。」電視的世界流入現實，層層籠罩包覆，不斷強壓而來。

外頭傳來停車的聲音。

開門聲、關門聲、車駛離的聲音。

大門打開，玄關門也打開。

上樓的腳步聲緩緩逼近。

「親愛的，今晚就算了吧。」母親的聲音也從樓下追趕而上。

父親沒說話。

沒敲門就打開房門的瞬間——『浩二』跳了起來。

牠從氣勢洶洶站在門口的父親身旁經過，往外逃了出去。

父親頓時嚇了一跳，隨後又馬上站穩身子，沒理會跳下樓梯的『浩二』，狠狠瞪著少年看。

「我全都知道了。」

嗓音相當低沉。

「爸爸……向山本同學的媽媽下跪了……對方要我下跪道歉嘛，我哪有辦法。」

他露出自嘲般的淺笑，並將同樣的笑容送給少年。

「我可不記得自己養出了這種小孩。」

低沉的嗓音——冷漠的嗓音。

少年緊抱胸口的雙手無力地垂了下來。

『浩二』逃走了，被父親培育出的自我已經徹底消失。

「欸，浩二，你……」

少年跳了起來——就像『浩二』那樣。

他發出無聲的嘶吼，用力抓住父親。

瘋癲失神地揮舞雙手。

對父親的鼻子灌了一記右鉤拳。

就像肥皂泡泡「噗滋」一聲破掉一樣，父親馬上就當場跪倒在地。

4

隔天一早——星期天早上，都已經在玄關穿鞋子了，母親還有些逃避地說：「其他孩子都有父親陪同吧？我真的不知道該說什麼才好。」

「什麼都不必說，總之低頭道歉就好，這點小事妳做得到吧？」鼻梁旁到眼下都腫成青紫色的父親不悅地說，還帶著鼻音。他看了看在母親身旁穿好鞋子的少年，滿臉失望地想開口說點什麼，但還是咂了聲舌閉上嘴巴。

少年低著頭等母親做好出門準備。他的雙眼因為睡眠不足而惺忪懶散，也因為沒吃早餐有些反胃，右拳還留著毆打父親時的觸感。

鄰近玄關旁的客廳傳來「喀沙喀沙」的揉紙聲，是『浩二』在玩報紙。

「總之。」父親說：「爸爸已經不想管了。這是浩二你自己闖的禍，就要好好負起責任。」

少年默默點頭。

「不准逃避，也不准找藉口開脫，別再讓爸爸蒙羞了，聽見沒有？」

扔下這句話，父親就走回客廳，氣惱地喊了一聲：「滾一邊去，走開，臭貓！」——少年本想確認『浩二』有沒有乖乖離開客廳，母親就露出落寞的微笑說：「我們走吧。」輕輕推了推少年的背。

走路到學校要十五分鐘。雖然前進的腳步有些不聽使喚，卻轉眼間就走到郵局了，表示路途正好過半。

經過郵筒後，行走間始終沉默的母親輕聲問道：

「小浩，為什麼要做那種事？」

那種事——少年不明白母親說的是哪一件。是欺負山修的事，還是毆打父親的事？但兩邊的答案都是相同的。

少年有些猶豫，卻還是老實說道：

「……因為我很害怕。」

一說出口，感覺暢快多了。就像小學從學校回來後將書包從肩膀放下的感覺，大汗淋漓的悶熱背部被風吹過，那種涼颼颼的舒適感。

母親隔了一會又問：「你能道歉嗎？」少年選擇沉默，因為這次答案分歧了。
「沒辦法跟貓玩了呢。」
「……嗯。」
「借貓跟山本同學的事，有什麼關聯嗎？」
「……我不知道。」
「你想好好疼愛牠嗎？」
這不是廢話嗎，幹嘛故意問啊——思及此，少年驚愕地倒抽一口氣，雙腳也僵在原地。
以往他從來沒發現這件事。
原來可以否定啊。
只要用「開什麼玩笑，我怎麼可能有這種想法」這句話一笑置之就簡單多了，也可以頂撞拋出奇怪問題的母親。
少年卻立刻臉色鐵青，雙唇抖個不停。
母親沒有多說什麼，陪少年在原地站了一會後，又緩緩邁開步伐。

少年也像是被無形絲線牽引般，依舊低著頭跟在母親後頭。

「欸，你給貓取什麼名字？」

「……『浩二』。」

明明下定決心說出口，卻因為太小聲沒傳進母親耳中，這次也不像剛才那樣心情暢快了。感覺很像放下書包，涼風吹過背部後，再也沒有人保護自己的無助感。

長谷川和飯島他們也都在校長室，總共有八人。沒有「那傢伙怎麼沒來？」或「跟這傢伙無關吧？」的疑問，完全就是這幫人。所有人都有父親或母親陪同，帶著賭氣的表情——父母的狀況反而比孩子更嚴重。

長谷川的母親和少年的母親認識，五月開完家長會還去Denny's家庭餐廳聊了很久，今天卻都神情緊繃地頻頻偷看對方，對上視線也不打招呼。

校長和班導戶山老師進來後，室內的氣氛立刻緊張起來。

「昨晚已經跟各位家長說過大致情形了，但還是希望本人親自來道歉……」

校長說，山修的父親已經在隔壁會議室了。

「對方其實希望不要家長陪同，想跟孩子們當面聊聊，但這實在，嗯，這樣總是不妥……對方才同意讓家長陪同，一個一個進去……」

校長沒說山修有沒有來，聚在這裡的家長們也不在乎這件事，只顧著用眼神互相牽制，不知該讓誰第一個去會議室。

「那麼，呃……哪一位要先去呢……」

家長的視線逐漸聚焦，停留在少年和母親——「主謀」身上。

母親用力握住放在腿上的手提包。少年用手指輕碰昨晚被『浩二』抓傷的臉頰，低頭看著右手臂的傷痕，並輕輕握緊右拳。毆打父親時的觸感還在，他心想：就算以後會慢慢淡去，也絕對不可能消失。

校長正準備再次催促，少年就站起身，母親無奈之下也只能跟著起立。

「啊啊，那個，讓我說一句……」

有個胖胖的父親開口了。雖然沒見過這張臉，但鈴木在他身邊，應該是鈴木的父親吧。

「你們先去是無所謂，但也請兩位老實交代清楚。如果只想讓自己得救，說一些有的沒有的事，我們也會很傷腦筋。我兒子真的只是跟著他們起鬨而已。」

室內的氣氛瞬間紛亂起來。

母親和其他家長都一臉「開什麼玩笑」的表情。

卻沒有人出聲責怪鈴木的父親。

少年不禁心想——如果現在……

如果現在是父親在場，他會有多憤怒，又會如何回嘴呢？

不對，說到底，如果是父親代替母親陪同到場，鈴木的父親還敢說這種話嗎……

少年看向鈴木，他低著頭，連耳垂都漲得通紅。

搞不好這傢伙在家裡也是被爸爸壓得喘不過氣呢——

想到這裡，少年的心情就輕鬆了些。

山修不在會議室裡。

只有父親一個人雙臂環胸坐在裡頭。

體型雖然矮小，平頭髮型和曬黑的臉龐卻充滿駭人氣息——印象中他是在工程行上班。

少年和母親走進會議室後，就被他犀利的眼神瞪著看。

母親用顫抖的語氣開口問候，一個人說個不停，語速非常快，少年聽不懂她在說什麼，只聽出是在道歉。

少年是「主謀」，是大壞蛋。如果是電視的世界，這種角色應該會讓眼神凶狠的鳳眼童星來演吧。

可是——內心深處傳來了無聲的吶喊。

可是——之後就說不出話來了，或許是沒辦法組織成一句話吧。

可是——可是——可是——可是——

「別再找藉口了。」

山修的父親這麼說，像是用手揮開討人厭的東西。

少年母親的肩膀猛地抖了一下，將來到嘴邊的話又吞了回去。

「不管家長怎麼道歉，還得是本人親自道歉才有意義啊，我有說錯嗎？」

可是——內心深處又傳來無聲的吶喊。

山修不在這裡啊。

真正必須道歉的對象不在這裡啊。

少年抬起頭，吞吞吐吐好幾次才問道：「山本同學，沒有來嗎？」

「沒必要來吧。」父親用不屑的語氣回嗆：「他現在好不容易才平復心情，要是看到你們的臉，搞不好又……你應該也知道會怎麼樣吧？」

少年心想：這個人在保護自己的兒子，就像鈴木的父親在保護兒子一樣。而鼻梁旁邊掛著瘀青的那個人，原本也會保護自己的兒子。

少年深深低下頭說：「真的非常抱歉。」他已經做好覺悟，就算對方逼他下跪也會乖乖聽話，即使被打也無所謂。這一切都是電視世界的戲碼，他不會在這裡說出真心的道歉，也不想說，只想趕快從這個地方解脫。既然是電視世界的劇本，反省或謝罪的台詞自然能張口就來，要多少有多少。

真的很抱歉，我會發自內心反省。對不起，我用半開玩笑的態度傷了山本同學的心。我再也不會犯同樣的錯，請您原諒我……

說著說著，少年的眼眶忽然發熱。

這明明不是發自內心的言論，明明是電視世界的劇本。

眼淚卻掉了下來。

聽到同樣在旁邊拚命道歉的母親的聲音，淚水又從眼眶深處不斷湧出。

離開學校後，母親拿出手機打電話回家。

「剛剛結束了……」母親充滿疲憊的聲音，下一秒卻忽然飆高，驚訝地大喊道：

「咦咦咦？」

「那我們馬上回去。」

母親在掛上電話前態度都很慌張，但將手機收進手提包後，母親卻像忽然回神般停下手邊動作，發出無奈的嘆息。

少年問：「怎麼了？」

「貓咪闖禍了……爸爸已經氣瘋了，要我們今天就把貓還回去。」

「闖什麼禍？」

「好像把家裡弄得一團糟。」

此話不假——客廳真的變得一團糟。玻璃杯倒下來，在地毯上沾了一大塊威士忌的污漬，蕾絲窗簾脫鉤，早報被撕裂，錄影帶幾乎都從櫃子掉到地上。

其實這副慘狀，有超過一半都不是『浩二』造成，是父親一個人到處亂跑碰倒的。

「這隻臭貓一直跳來跳去到處逃……」

在少年他們回家前都在四處追逐『浩二』的父親，氣喘吁吁且憤恨地說。

父親似乎想抱抱牠。

他用手有點粗魯地按著『浩二』沒有尾巴的屁股——但父親說的「有點」，大概就是「非常」粗魯。結果『浩二』立刻生氣發狂，用宛如兔子的粗壯後腿猛踹父親的胸腹。火冒三丈的父親想抓住牠，『浩二』卻到處逃、到處逃、到處逃……現在牠躲在餐桌下將父親脫下來的拖鞋戳著玩。

「這個週末糟透了。」父親癱坐在沙發上，故意不看母親和少年的臉說：「把那隻沒尾巴的廢物貓咪借回來之後……就變得有夠糟……」

少年微微動口。

不對。

他沒發出聲音，連呼吸都有些困難。

「嗯？你說什麼？」父親眉頭緊皺地轉過頭。「現在才道歉已經太遲了，爸爸真的氣炸了。如果這個瘀青到明天還沒消，我會連公司都去不了，你知道嗎？」

「……不對。」

「什麼？」

「是一直……都很糟……」

少年的喉嚨微微顫動。他好害怕，眼前立刻浮現出父親勃然大怒的表情。

但父親沒有生氣，只是將臉轉回原本的方向，茫然地看著電視說：「把貓還回去吧。」

根據契約，其實可以借到明天。原本是等明天父親下班回家時再一起開車送回去，但父親不屑地說：「我不想再看到那隻臭貓了。」又補上一句：「你應該可以自己坐公車吧。」

看父親眼周的腫脹程度，確實沒辦法開車。他應該也不會忽然回心轉意說出「還是明天再還」這種話。

「小浩，媽媽跟你一起……」母親話還沒說完，少年就打斷她說：「我可以自己去。」並衝上二樓。

少年提著鋪滿毛毯的貓籠下樓來到客廳，『浩二』就像聽懂剛剛那段對話一樣，自己乖乖走進貓籠。

少年將貓籠蓋子闔上時，父親呢喃了一句：「很糟啊……」

聽起來有些落寞。

不是一開始就很落寞，只是聲音傳進少年耳中，跟內心深處某種情緒產生共鳴，才流露出幾分落寞。

「……都是我害的。」

少年這麼說。他本無意開口，話語卻擅自脫口而出。

父親依舊看向別處，帶著淺笑低聲說道：「浩二一點也不糟，爸爸心裡清楚。」

看到少年比預定日期提早一天獨自來還貓，寵物店店長有些吃驚地問：「已經膩了嗎？」

少年默默搖頭。

店長將放在櫃檯的貓籠蓋子打開後，『浩二』就靈活屈伸牠那長度不成比例的前後腳走到外面。

「怎麼了？你好像比昨天來的時候還要無精打采。」

少年說不出口。

昨天的開朗才是裝出來的。我總是在撒謊，因為我很怕爸爸——

感覺只要一開口，就會像在會議室道歉那樣又哭出來。

「沒關係，來，你只要幫我簽名歸還就好。」

店長將文件和筆放在櫃檯上。

『浩二』饒富興味地看著少年。

少年用手肘撐著櫃檯，伸手拿起筆。

「你幫貓取什麼名字？」

「……跟我一樣。」

「浩二？」

「嗯……」

店長「哦～」地點點頭，就沒有再多說什麼了。

少年寫上歸還日期並簽名，但寫到「請自由寫下您的感想或意見」這個欄位時，卻忽然停筆了。

這時——『浩二』探出頭，將臉湊向少年的右手臂。

往昨晚抓傷的傷痕輕輕舔了一口。

少年瞬間想抽回右臂，卻立刻放鬆力道笑了起來。

『浩二』只往傷痕舔了一口，彷彿在說「沒我的事了」，就緩慢輕盈地跳下櫃檯離開少年身邊。

少年重新握起筆，再次看向感想欄位。

並寫下「謝謝」。

店長看著那兩個字，笑著問道：「是趕上諾亞方舟的感覺嗎？」

看到少年驚愕的表情，店長又說了一句——

「雖然不知道你的狀況，但凡事都還來得及。就算尾巴被夾斷，只要搭上方舟就贏了喔。」

少年默默點頭。他本想用笑容回應，眼眶卻再度泛紅發熱。

替身毛毯貓

1

花了兩個月請人幫忙找，最後還是沒能達到要求。

「真的非常抱歉……」

拜託了三間寵物店，結果三間都說了同樣的話。

「如果是幼貓也就算了，要成貓的話，真的滿困難的。」

確實如此。

有店長直截了當地說「靠業者的管道也行不通」，我也有心理準備了，對方願意幫忙尋找這一點就很值得感謝。有寵物店從一開始就直接說「沒辦法」，連商量餘地都沒有。也有店長在我解釋狀況後，劈頭就說教：「這種想法好像不太對吧。」

除了業者管道之外，我們也非常努力。爸爸用公司的社內信箱，媽媽用附近銀行或購物中心的公布欄，弟弟用拍賣網站的「我要買東西！」專頁……發送了「尋找成年美國短毛貓」的訊息，但全都失敗了。

「如果只要求品種，那還好辦……」

第三間寵物店店長將事先寄放的照片還給我，還特別叮囑一句：「真的很難啦。」

照片中是我家養的貓。

名字叫榮榮。

是隻棕虎紋的美國短毛貓。

大概在三個月前去世，活了十二歲。

「妳想找跟牠很像的貓吧？這就是問題所在啊。市面上本來就沒有很多棕虎紋，如果是銀虎紋的話，或許還有一絲希望。」

不用說我也知道。

美國短毛貓的主流，是虎紋——斑紋的「底色」毛皮為銀色的銀虎紋。褐棕「底色」的棕虎紋，會讓難得豪華的虎紋對比變得更不顯眼，所以相當少見。

「但畢竟是棕色，虎紋稍微有點不一樣，應該也能蒙混過關吧……」

我有些不服輸地說，店長就用帶著幾分譴責的語氣回答：「我可不這麼認為。愛貓人士會特別關注每一道虎紋的微妙差別。」

外。

我認同地點點頭，並將照片收進包包。

榮榮的虎紋我記得一清二楚。不只是我，我們家所有人都記得——只有一個人除外。

但我之所以尋找榮榮的替身，不是為了自己，爸爸、媽媽和弟弟也一樣。

一家四口——偶爾會多一個人。雖然不知道能不能稱為「家裡的一分子」，但為了那個人，我們現在才會努力尋找榮榮的替身。

我道了聲謝準備離開寵物店時，店長忽然把我叫住：「啊啊，還有……」

僅供參考啦。

總之先把店名告訴妳。

其實我自己不太喜歡這種生意模式。

執拗地說了一大堆前提後，店長才把新的管道告訴我。

「原來還有『租借』這種方式啊？」

似乎有種名叫「毛毯貓」的貓，會隨著在剛出生的幼貓時期就形影不離的毛毯租借給各處，而且也有寵物店在提供這種服務。

「雖然無法保證有沒有貓符合客人您的條件，但也可以抱著姑且一試的心情去看一看。」

「租借期間大約是多久呢？」

「應該是三天兩夜左右，搞不好可以延長呢。」

「……三天兩夜。」

我忍不住學他又說了一遍。

好像不錯。

需要榮榮替身的那個人，也只會在家裡待三天左右。

於是我轉身走回櫃檯拿出手機。

「不好意思，請告訴我那間店的電話號碼！」

雙重幸運降臨。

毛毯貓中有美國短毛貓，正好是六歲的成貓，而且還是棕虎紋。

其實那隻貓比榮榮還要嬌小，虎紋也有些微妙的差異，至少我看到的瞬間就知道

「啊，是別隻貓」。我用手機相機拍下替身候補的貓，用訊息傳給全家人，爸爸、媽媽和弟弟也都回覆「畢竟還是候補啊……」，感覺有些猶豫。

總之我當下決定先預訂，回家後再擬定作戰計畫。

結果第二個幸運降臨了。

隔天晚上，爸爸跟伯父通了很長的電話。講完電話後，爸爸神情有些落寞地說：

「我媽……視力好像變得很差。大哥說她吃飯的時候，也幾乎看不到細小的東西。」

仔細想想，這應該算不上幸運。

「而且大哥說，失智的症狀果然也有點惡化。」

這絕對——稱不上幸運。

但我還是強迫告訴自己，這對奶奶來說是幸運的事。

如果視力變差，腦袋的螺絲也鬆了一些，虎紋的細微差異問題或許就能解決。要是過不了關，我也會很傷腦筋。

父親夾帶著嘆息繼續說道：

「還說媽很期待見到榮榮。」
聽到這句話，媽媽也立刻雙眼發紅。
連弟弟這種不會被輕微「哭點」感動的冷酷理科大學生，都看著掛在牆上裝飾的榮榮生前照片不發一語。
榮榮被奶奶抱在懷裡。
還年輕的時候——會像瑪麗．包萍一樣拖大行李箱撐著黑傘，在獨居的自家、伯父家、姑姑家和我們家到處逗留的奶奶，在照片中笑得好燦爛。
「媽已經八十九歲了……這也沒辦法……」
說完，爸爸喝了一口還沒喝完的啤酒。消氣又變溫的啤酒應該非常苦，但爸爸喝完一口後，臉上卻浮現出不亞於啤酒的苦澀。
奶奶總會在夏末時節來我們家。在舊曆盂蘭盆節供奉完在爸爸小時候就過世的爺爺後，就會帶著牌位一起來到東京。短則將近一個月，長則待到要拿出暖桌的時期，說起來不太好聽，但其實就是賴著不走。我們家是四房兩廳的獨棟住宅，還是有辦法準備奶奶的房間，但以前媽媽跟奶奶的關係總是不太和睦。

我還小的時候——對七十幾歲的奶奶的印象，一言以蔽之，就是個老頑固。「我爸死得早，媽也沒再婚，一個女人家含辛茹苦把我們扶養長大。」爸爸雖如此緩頰，但如果讓心情不悅的母親來說，就會變成「就是吃了太多苦，才會變成那種臭脾氣」。

這樣的奶奶過了七十七歲喜壽後，個性忽然變得圓滑又溫柔。我們家也正好在那個時期開始養榮榮。

奶奶非常疼愛榮榮，榮榮也總是黏著奶奶。每次要回鄉下時，比起我跟弟弟這些孫子，奶奶更捨不得跟榮榮分開，有時還會淚眼汪汪地緊抱榮榮。

這幾年媽媽跟奶奶的關係也變得融洽許多。以前忙於工作，總讓我或弟弟應付奶奶的爸爸，也會買好吃的和菓子，跟奶奶一起喝茶聊往事。

我想，應該是爸媽也慢慢變老，逐漸能體會到更年邁的奶奶有多寂寞和脆弱了吧。

今年奶奶也馬上——下週就要來我們家了。她現在沒辦法獨自搭電車，所以爸爸會去伯父家接她。上週在姑姑家住，這週在伯父家住的奶奶，夏天結束前在我們家住兩三天後……就要直接住進安養院。

伯父趁奶奶住在姑姑家的期間，將鄉下的老家搬空了。那個縣營住宅只有兩房一廳，非常非常狹窄，就算把家當全部搬出來，也依然又小又窄。伯父當時佇立在空蕩蕩的房內，想到母親就是在這裡養育我們長大，我們離家後也一個人在這裡住了幾十年，就忍不住落下男兒淚。幾天前在電話裡聽到這件事後，爸爸也像孩子一樣哭了起來。

那就把奶奶接過來一起生活啊——

我有時候會這麼想。

但也只是想想，沒有說出口。

我也不是小孩子了，不會用天真又殘酷的語氣說出這種事。

榮榮的死也一樣。

跟全家人商量過後，我們決定不把這件事告訴奶奶。

可以的話，希望奶奶永遠不要知道這件事。

所以——

「欸，昨天說的租借貓咪的事……要怎麼辦？」

我一開口，爸爸、媽媽和弟弟就同時轉頭看過來。雖然沒有說話，但表情已經說明——全場一致同意。

爸爸星期五一早就會跟公司請假去接奶奶。

媽媽說：「這是奶奶最後一次睡在我們家了。」還特地幫奶奶買了新的羽絨棉被。

平常都會跟大學朋友瘋到很晚的弟弟，也被爸爸再三交代「奶奶在家這段期間，要回來跟大家一起吃晚餐」。

我當然也不能按平常的步調生活。

「雖然沒辦法讓廣美也跟公司請假……但星期五可以申請早退吧。」

爸爸這麼說。

「有些同事比較晚才放暑假，所以這段時期人手不夠，忙不過來啦。」就算我這麼說，爸爸也堅決不退讓地說：「連這種時候都不能以家裡的事為重，這種公司乾脆辭一辭別做了。」

連媽媽也提出要求。

希望在三天兩夜這段期間邀請某個人來家裡作客。

「唔，奶奶還沒見過長野先生嘛，正式介紹給奶奶認識吧，這樣奶奶也能安心。而且，該怎麼說……也不確定奶奶能不能撐到妳的婚禮……」

傷腦筋。

這真的是……

長野先生是我的戀人，我們以結婚為前提交往，六月時也讓他跟爸媽見過面了。但隔了一個夏天情況生變，我們可能沒辦法成為人生伴侶了。雖然沒有明確提出分手，但我們已經將近半個月沒有通電話和傳訊息了。

「啊啊，也好。」

爸爸也開心地認同媽媽的提議。

「把長野帶來家裡，媽一定會很高興，她去年也很擔心廣美的婚事。」

「對吧？」

媽媽得意洋洋地回答爸爸，並轉頭看向我說：

「妳也快三十歲了，這是給奶奶最好的孝順大禮。」

我也這麼認為。

但也因為快三十歲了，對結婚大事就會有絕對、肯定、無論別人怎麼說——都無法妥協的堅持。

「那就請長野先生空出時間吧。」

媽媽逕自做出結論。

「是啊。媽住進安養院，榮榮死了，廣美也要結婚……時間真的、過得好快啊，嗯……」

爸爸獨自感傷起來。

「欸，可是姊，妳最近還會跟長野先生見面嗎？」

弟弟用天真、殘酷、突兀又滿不在乎的語氣，問出這個扎心的問題。

我也下意識回答：「有啊，當然會見面。」

隔週星期五。

下午一點從公司早退後，我去寵物店把替身榮榮接回家。

從貓籠走出來的榮榮緩緩伸展背部，十分好奇地觀察客廳。

「嗯……」

媽媽歪著頭說：「實際來家裡之後，果然跟照片上看到的印象有落差呢。」並來回看著貓咪和掛在牆上的正牌榮榮照片。

我也這麼認為。

在店裡看到的時候，雖然覺得「好像有七成像」，但來到家裡客廳後，正牌榮榮的記憶又重返腦海，相似程度就忽然降到五成。

「可是媽，現在後悔也來不及了。」

「是沒錯啦……」

「只能硬拚到底了。」

「奶奶的直覺很靈敏耶，行得通嗎……」

「事到如今別說這種話啦，奶奶馬上就要來了。」

說時遲那時快——玄關的門鈴響了。

2

奶奶比我想像中還要老。從正月新年見過奶奶之後已經過了八個月，但她好像一下子老了好幾歲。

身形倒縮，臉上布滿皺紋，頭髮稀疏，腳也變細了……更嚴重的是視力完全退化。從玄關走進客廳時，也要讓爸爸摟肩牽著走進來。

好像幾乎看不見了。

所以——她應該不會識破替身榮榮的真面目，至少不會從虎紋模樣看出來吧。

奶奶背靠沙發直接坐在地上，開心地將湊過來喵喵叫的榮榮抱在腿上。榮榮的演技也很到位——牠本人應該沒有要演戲的意思——不小心用「本人」這個說法也很怪就是了。

總而言之，替身榮榮跟奶奶的見面過程相當順利。寵物店店長曾說「怕生的貓沒辦法勝任毛毯貓這個工作」，果然名不虛傳。

媽媽說：「今天我要煮奶奶最喜歡的香魚喔。」

奶奶最愛吃帶卵香魚的甘露煮，為了讓下顎無力的奶奶食用，媽媽會比平常花更多時間熬煮到軟爛。但看到媽媽必須將嘴巴貼到耳邊重複好幾次，奶奶才聽得見的畫面後，我不禁心想：現在不是談論晚餐菜色的時候吧。

將奶奶接回家後短暫熱鬧的客廳，轉眼間變得鴉雀無聲。奶奶本來就沉默寡言，而且為了讓奶奶聽清楚，就必須將話說得簡單明瞭，還要說得又慢又大聲，讓人覺得有點累。

媽媽用準備晚餐的藉口跑進廚房。連先前說「我去放行李喔」走進客廳旁邊和室的爸爸，也故意大聲地說「得看一下電視的狀況」，打開電視後就再也沒回來了，把我一個人留在客廳。這樣一來，總不能連我都離開房間，弟弟暫時也不會從大學回來……

「奶奶。」

我出聲搭話。不是因為有話要說，只是想逃離這股凝重的沉默。

奶奶抱著榮榮轉頭看我，像是在問「怎麼了？」。

「那個啊……呃，嗯，怎麼說呢……好久不見。」

這不是廢話嗎？

奶奶沒說話，輕輕勾起一抹笑容。

「榮榮很可愛吧。」

我在說什麼啊。

奶奶依舊帶著笑容，輕撫榮榮的背部。

「榮榮跟去年一樣都沒有變。」

不要自掘墳墓啊——

奶奶毫無反應。這本來就是不需要特別回覆的話題，搞不好她根本沒聽清楚。

我鬆了一口氣，緊張情緒緩解後，反而忽然慌張起來。我像小孩一樣丟下「那我去幫忙準備晚餐喔～」這句話，就立刻奔向廚房。

搞得像是落荒而逃一樣。

在廚房準備涼拌菠菜的媽媽用責備的語氣跟我說：「妳來這裡幹嘛？晚餐媽媽會

處理，妳去陪奶奶聊天。」

這樣太狡猾了吧。

我嘟著嘴唇打開冰箱門，拿出麥茶倒進玻璃杯。麥茶的季節也快結束了，奶奶還喝得到明年的麥茶嗎？

媽媽將汆燙過的菠菜擠出水分，用夾帶嘆息的語氣說：「奶奶在伯父家似乎也挺糟糕的。」

「……有多糟糕？」

「比如便溺的處理方面。」

「是小便的問題嗎？」

媽媽默默點點頭，將菠菜放在砧板上。

「『大便』也有問題？」

像是要代替回答似的，媽媽用菜刀切菠菜的聲音感覺比平常還要大聲。

我喝了一口麥茶，又問：「其他的呢？」

「好像偶爾會搞不清楚狀況，忘記自己為什麼會在這裡，或是不知道眼前的人是誰……寄宿在姑姑家的時候，聽說還會半夜起來夢遊呢。」

寄宿——這種說法讓人有點不舒服。但我自己也知道，對這種事生氣只不過是不必打責的表面工夫罷了。

「奶奶是心甘情願住進安養院的嗎？」

「……誰知道呢。」

在伯父有條有理的說明下，奶奶也十分明白。雖說讓奶奶繼續獨居太危險，但她也知道三個小孩家裡都沒辦法同住。看到安養院手冊和親自去參觀時，奶奶也說過「得交很多朋友才行」這種積極正向的話。

可一旦安心下來，奶奶卻忽然像變了個人似地將伯父臭罵一頓，說打死都不去安養院，甚至說出「如果被遺棄，就要死在這個家詛咒一輩子」這種話。

「失智症患者好像經常會這樣……被說到這種地步，大姊也很傷腦筋吧。感覺最後大姊也得回去老家，不管離不離婚都很辛苦。」

「哪個才是奶奶的真心話呢？」

聽我這麼說，媽媽面帶苦笑地用「天曉得……」匆匆帶過。

關於失智——我只在電視和書本上看過，跟失智父母同住的公司上司也總是滿口怨言。但實際看到奶奶的狀況，我反而搞不清楚了。是同意去安養院的奶奶才「正常」，還是堅持絕對不去安養院的奶奶才「正常」……更進一步思考，將自己的母親送進安養院的行為「正常」嗎……

「別說這些了，廣美。」

媽媽從櫥櫃拿出小碗這麼說，隨後又補上一句：「長野先生什麼時候要來？明天晚上可以吧？」擅自做出結論。

「等一下，我還沒……」

「妳還沒問他時間？」

「……嗯。」

「妳在搞什麼，要見奶奶就只剩明天晚上了啊。」

「可是那個人真的很忙。」

「我知道呀，就逼他來一趟嘛，好不好？奶奶真的很期待廣美出嫁耶。最後讓奶奶開心一下嘛，好不好？好不好？」

媽媽的語氣像是在哄騙幼兒一樣。

我將剩下的麥茶一飲而盡。

我還沒有打電話和傳訊息給長野先生。本來想用「對不起，他這週末要出差」這個理由搪塞媽媽，但聽了奶奶的狀況，我的內心深處隱隱作痛，覺得撒謊這個行為還是太卑鄙了。

那我打給他問問——這句話還沒說出口，客廳就傳來榮榮的叫聲。

嗚喵、嗚喵、嗚喵，連續叫了三次。

我跟媽媽疑惑地看著彼此，有種不祥的預感，因為那個叫聲不像是心情好在撒嬌。

爸爸比我早一步從和室走進客廳。我聽到他說「怎麼回事？」，接著又聽到「媽，怎麼了？」……後來就沒聲音了。

爸爸默默來到廚房，神情相當緊繃。他瞥了我一眼又尷尬地別開視線，隨後又更尷尬地對母親說：

「抱歉……有抹布嗎？」

「怎麼了？」

「我媽她、有點、嗯……」

隔了「哈哈」兩聲乾笑後，爸爸才語速飛快地說：「不小心、尿出來了。」

晚餐前，我回到房間用手機傳訊息給長野先生。

「有空的話打給我」

我本來做好可能會被無視的心理準備，結果不到五分鐘他就回撥了。

好久沒聽到他的聲音了，聽起來似乎有些不高興。

我把奶奶來家裡住三天兩夜的事告訴他，也說這可能是最後一次了。

但我說不出最關鍵的那句話。

「我明白了……所以妳傳訊息給我，是為了這件事？」

「那個……就是，你完全不必放在心上，這只是我爸媽擅自做的決定……」

連我都覺得這個開場白太難堪了，甚至還補上一句：「我是覺得不用做到這種地步。」

「到底是怎樣？」

長野先生的聲音帶了幾分焦慮。

「我爸媽在問……你明天晚上要不要來吃飯。」

長野先生沉默不語。

「喏，該怎麼說，應該是想把你介紹給奶奶認識。總之是最後一次了，要孝順奶奶的感覺。」

沒有回應。

他在生氣吧。

他其實想說「為什麼我非去不可」吧。

或許也想說——我們已經毫無關係了吧。

長野先生依舊沉默。

我實在捱不住這股沉重的靜默，丟下一句「對不起，我會隨便找個理由拒絕」就立刻掛電話。

我們雖然沒有明言分手，但這種互動模式讓我深切體會到「真的結束了」。

樓下傳來電視聲響。為了耳背的奶奶，爸爸將電視音量調得很大聲。光把音量調大有什麼用，奶奶視力也不好啊。是不是想用電視音量掩飾尷尬？這也是盡最大努力在孝順嗎？奶奶尿失禁的衣服和內褲，媽媽明明說「沒關係，我待會再洗」，爸爸卻還是自己洗了。還不停對擦拭客廳地板的媽媽說「對不起、對不起」，聽到我都嫌煩。

爸爸很愛奶奶，奶奶還健康的時候，媽媽偶爾會用調侃的語氣說：「你真的有戀母情結耶。」好想讓辛苦一輩子的奶奶過上幸福的晚年——爸爸一定是這麼想的，伯父和姑姑應該也一樣。

弟弟從大學回來了，客廳稍微熱鬧了些，馬上就要吃晚餐了。

感覺看到奶奶的臉，心裡就很難受。

此時手機響了，不是訊息，是來電鈴聲。液晶螢幕顯示的來電者是——「長野」。

「抱歉抱歉，剛剛收訊不好，電話斷掉了。」

是我的錯覺嗎？

還是他故意的？

「剛剛那件事……應該先這麼問，妳還沒跟爸媽說我們的事嗎？」

這次換我沉默了，沉默就是我的回答。

長野先生呢喃著「這樣啊……」隨後又笑著說：「但怎麼會這樣呢？我們到底為什麼會走到這一步？」

我不知道。

如果有個確切的理由，我或許會輕鬆些。

硬要用一句話來形容，只能說是「憑感覺」吧。跟長野先生結為夫妻——應該說成為「家人」這件事，就是讓我提不起勁，長野先生應該也有同感。這應該是提早經歷婚姻憂鬱症？卻又還沒走到婚姻這一步。真要說的話，比較像是家族憂鬱症吧。

「妳完全沒有要跟我復合的意思？」

長野先生這麼問。這種拐彎抹角的問法，或許已經表達出他的真心。

我像是在鞭斥自己般，將不想說的那些話說出口。

「……要結婚的話，我當然會選長野先生。可是總覺得，那個，我真的沒辦法想像我們結婚或成為一家人的畫面。」

長野先生回答：「嗯，我懂。」語氣比想像中還要灑脫。

「……而且看到奶奶之後，我開始搞不懂親子之間的關係了。」

更進一步地說——我開始懷疑活這麼久到底幸不幸福。

話題到此結束。

樓下的電視聲太吵了。

「我明天晚上會去。」

長野先生忽然說出這句話。

「可是……這樣、對你不好意思……」

「沒關係，只要在奶奶面前說我們是以結婚為前提交往就好了吧？這也不算說謊啊。我們是以結婚為前提，只是這個前提被我們弄丟，不知道跑哪去了。」

「……但這樣還是在說謊啊。」

「奶奶很期待看妳結婚吧？那這就算是善意的謊言。」

長野先生說「總之我明天會過去一趟」，就掛斷電話。

替身的榮榮，替身的戀人。

說是要孝敬奶奶，其實是在背叛奶奶——我如此反思。

3

晚餐不在餐廳吃，而是在客廳裡。我們將二樓壁櫥拿出來的暖桌擺在跟沙發成對的玻璃桌旁邊，直接坐在地上用餐，每次奶奶來的時候都是這樣。

晚餐氣氛很熱絡，爸爸媽媽都說個不停，話題源源不絕，就算不開電視也無所謂。

但他們的聲音都莫名高亢，笑法也有點誇張，爸爸尤其明顯。沒辦法啊，奶奶聽不清楚嘛——爸爸一定會這麼說吧。如果我反嗆「不只是這個原因吧」，媽媽會如何替爸爸緩頰呢？

我原本也會一起聊天，中途就漸漸跟不上爸媽的高亢情緒，最後變成聆聽者。冷靜聆聽後，才發現他們有點雞同鴨講。爸爸一直在說小時候的往事，媽媽一直在說料理的調味。奶奶偶爾會給出回應對談幾句，但基本上都是爸媽在說，話題就結束了。要比喻的話，就是電子遊樂場的射擊遊戲吧。感覺就像——沒射中目標的子彈被吸到畫面後方消失了一樣。

此時傳來「叮鈴」的鈴聲，是弟弟的手機收到訊息了。

明明只是尋常小事，話題被打斷的爸爸卻忽然一臉不悅地責罵弟弟：「搞什麼，吃飯的時候把手機關機啦。」媽媽也表情微慍地說：「對啊，難得大家聚在一起吃飯耶。」

啊啊，原來如此，我終於明白了，同時也有一股寒意竄過背脊。現在是一家團圓的快樂晚餐時光，兩人都想努力演出迎接遠道而來的奶奶，和樂融融的幸福時刻。

是想為住進安養院的奶奶創造最後的快樂回憶嗎？

還是說，用艱澀的說法，是多少想向奶奶贖罪——？

我心想：無論哪一種都很狡猾。

奶奶面帶微笑地吃著飯。

但她的坐墊上鋪著透明塑膠布，這似乎是伯父說「拿去用」借給爸爸的，因為奶奶視力不好，動不動就會把食物灑出來。奶奶穿著的運動服底下也包著紙尿褲，這也是伯父說「拿去用」交給爸爸的，因為奶奶一到晚上就特別容易失禁。

我心想：真不想活這麼久。

真的是打從心底這麼想。

我很害怕死亡，不知是從什麼時候開始，光是想到自己未來也難逃一死，就會忍不住想哭。如果任何疾病都有能馬上治好的藥，每個人都不用死就好了——我也曾夢想過這種事。

先把飯吃完的榮榮「喵」地輕叫一聲，繞到我身後。

「榮榮，飯好吃嗎？」

牠又喵了一聲。如果是正牌榮榮，叫聲中的些許差異就能讓我分辨出牠心情如何，可是替身榮榮的叫聲讓我無從得知。

再說，牠們的「飯」也不一樣。正牌榮榮最喜歡我們將小魚干撕碎撒在飯上餵牠，但毛毯貓在租借處吃了其他食物就會生病，所以替身榮榮被訓練成只能吃乾貓糧。

但我撓了撓替身榮榮的下顎，那種柔軟的觸感跟正牌榮榮十分相似。好懷念啊，榮榮在這種時候應該會把下顎抬得更高，彷彿在喊癢一樣……我才這麼想，替身榮榮竟也同樣抬起下顎，讓我有點開心，卻也有些哀傷。

榮榮是在十二歲過世的，但已經算長壽了。直接死因是肺水腫併發急性腎衰竭導致尿毒症，但在死前半年左右，牠就忽然變得好老，身體也很衰弱。動作相當遲鈍，眼屎和口水流個不停，甚至還會漏尿……現在想想，那或許就是失智發作的徵兆。

貓也會失智。雖然書上說「那只是人類擅自的解讀」，但已經照顧過四隻貓的上司原田部長堅稱「是真的，貓真的會失智，我可太了解了」。聽說失智症狀嚴重時，會忘記自己已經吃過飯，一而再再而三地跑到飯碗前面。

榮榮還沒有嚴重到這種程度就過世了。臨終前，牠津津有味地吃了半湯匙切碎的鮪魚，就闔上雙眼了。

我認為這就是幸福。

弟弟跟我使了個眼色。

神情相當緊繃。

爸爸還在說那些毫無意義的話題，負責附和的媽媽感覺也不太對勁。

我用眼神回問「怎麼了？」，弟弟就用無聲的唇語緩緩說道：

奶、奶。

奶奶怎麼了——？

怪、怪、的。

什麼——？

吃、飯、的、樣、子。

被他這麼一說，我才終於發現異狀。

裝在大盤裡的生魚片幾乎快被奶奶一個人吃光，連配菜海藻都吃得一乾二淨，筷子完全沒有停下來，而且好幾次都沒沾醬油就將生魚片往嘴裡送。

「奶奶，也有沙拉喔。」

媽媽開口想分散她的注意力，這次奶奶居然直接從大碗吃起沙拉——而且沒有淋上任何醬汁。

爸爸這才終於停止閒聊。

「……媽，別再吃沙拉了。」

他刻意裝出輕柔的聲音，所以有點破音。
奶奶沒有回答，並將沙拉碗拉到手邊，默默大口吃起沙拉。
「媽，好了，不要吃了。」
爸爸的聲音越來越激動。
奶奶像是故意在唱反調……不對，她甚至沒發現自己在唱反調，繼續猛吃沙拉。
「就跟妳說不要吃了！」
爸爸將手伸向沙拉碗，奶奶就用雙手抱著碗大吼：「不准偷！」
奶奶瞪著爸爸，嘴角不停顫抖，眼神和表情都充滿敵意，彷彿要保護沙拉不被壞人們偷走。
媽媽原本想站起身阻止爸爸，卻當場癱坐在地哭了起來。
爸爸像是遷怒般對媽媽怒吼：「吵死了！妳哭什麼啊！」
這時更不巧的是，弟弟的手機又收到了訊息。這次換媽媽聲淚俱下地喊著：「不是叫你把手機關機嗎！」
糟透了。精心營造的全家團圓時光，轉眼間就粉碎消散。

奶奶喘了口氣，忽然像是邪靈抽離身體般放開沙拉碗。眼睛眨了好幾下，又用手指揉搓，頻頻疑惑歪頭。她的眼睛又看不清楚了吧。

就在此時。

原本在我身邊的榮榮鑽進桌底，緩緩走向奶奶。

並發出微弱的「喵～喵～」叫聲。

這一瞬間——我竟想起了正牌榮榮。榮榮想找人一起玩的時候，總是會發出這種叫聲。

奶奶開心地笑著說「過來這裡」，並用雙手抱起榮榮。體型、體重和虎紋都跟正牌榮榮有微妙的差異，但奶奶似乎沒發現這些事，像以前一樣讓榮榮坐在腿上，充滿慈愛地撫摸牠的背部。

我暫時鬆了口氣——但也僅只一瞬，忽然有股寒意竄過我的背脊。

像以前一樣。

以前奶奶吃晚餐時，一定會跟榮榮玩在一塊。

像以前一樣。

如果奶奶做出那件事，那就糟了。

我連忙開口說：「榮榮，奶奶說你很重耶，過來這邊。」

這時一無所知的爸爸瞪著我怒斥道：「沒差吧，奶奶也說無所謂啊。」真的糟透了。

奶奶不停撫摸榮榮的背，隨後靈機一動地看向生魚片盤。

她想起以前的事。

想起榮榮最、最、最愛吃的東西。

奶奶用手指捏起鮪魚中腹肉，直接咬下一半。

「榮榮，來，吃魚囉……」

奶奶將鮪魚放在掌心，拿到榮榮嘴邊。

快吃——

我開始祈禱。

拜託，快吃吧——

誠心誠意地祈求。

榮榮聞了聞鮪魚的味道，有些疑惑地盯著鮪魚看。

拜託，就當是為了奶奶，快吃下去——

如果牠不吃，替身之事就會曝光。雖然擔心這件事，但我更希望替身榮榮接受奶奶疼愛榮榮的心意。

可是榮榮立刻就對鮪魚失去興趣，將頭轉向一旁。

跟我對上視線。

求求你——！

榮榮的眼神定在我身上好一會。

我也目不轉睛盯著榮榮，拚命將我的請求灌注在眼神中。寵物店店長曾說「每一隻毛毯貓都聰明到讓人毛骨悚然的程度」，此時這句話成了我唯一的救命稻草。

榮榮發出微弱的貓叫聲。

牠輕輕探出脖子，再次看向鮪魚，隨後又將脖子伸得更長，再次嗅聞氣味。牠繼續伸長脖子，吐出舌頭舔了舔鮪魚。

接下來的發展迅雷不及掩耳。

轉眼間，榮榮就將鮪魚吃進嘴裡，幾乎沒咬幾下就送進喉嚨了。

「好吃嗎？很好吃吧？」

奶奶愉悅地說。

笑容像孩子一樣純真又溫柔。

當晚，爸爸跟奶奶一起在和室睡覺。

這樣就算奶奶失禁，他也能馬上幫忙換尿布。奶奶有時會為惡夢所苦，這樣他就能握住奶奶的手。而且萬一奶奶想要起身夢遊，他也能立即阻止。

午夜時分，廚房傳來聲響。

一直在房裡看書的我，放輕腳步下樓來到廚房。如果是奶奶——比如在冰箱翻找食物，用手抓著狼吞虎嚥的話，我該怎麼辦……

結果是爸爸在廚房裡。

他做了一杯威士忌加冰。

看到我走近，爸爸說：「對不起啊，給你們添了這麼多麻煩。」並露出有些落寞的笑容。「但撐到明天晚上就結束了。如果實在受不了，你們明天也可以去飯店住一晚。」

我默默搖頭。

就寢之前，奶奶忽然忘記這裡是哪裡，精神有些錯亂，大聲向我們哭喊：「我想趕快回家，讓我回家，拜託！」想方設法安撫後，她才終於接受事實，但或許是因此放鬆了戒備，又不小心尿出來了。爸爸幫她換了紙尿褲，就算媽媽說「我來換就好」，爸爸也說「沒關係」，用不熟練的手法替奶奶換上尿布。那時父親的背影，看起來比平常小了一到兩圈。

「欸，爸……」

「嗯？」

「應該沒辦法把奶奶接過來住吧。」

爸爸帶著苦笑點點頭，補上一句「你媽會累倒吧」，隨後像是在說服自己般又說了一句「從現實層面來看，確實沒辦法」。

「這樣好嗎？」

「……什麼？」

「爸，你能接受嗎？」

爸爸啜飲一口威士忌，彷彿在代替回答。

「明天長野要來吧。不好意思啊，特地讓他跑一趟。」

「不要岔開話題。」

「話說回來，那隻替身貓還挺聰明的。牠喜歡黏著奶奶，而且牠其實不能吃貓糧以外的東西吧？牠居然有辦法吃掉那塊鮪魚。」

「聽我說話啦，爸。」

「我有在聽啊。」

「你根本沒在聽，欸，奶奶這樣真的好嗎？把奶奶送進安養院，爸是什麼心情？」

「欸，廣美，長野是次男吧？照顧爸媽可是很辛苦的喔。到時候如果沒有一開始就講好，之後長男把責任統統推到次男身上的話，妳一定會累垮的。」

爸爸用輕描淡寫的語氣這麼說。

他看向遠方。

「真的……會累垮的……」

說著說著，淚水就跌出眼眶。

4

隔天一大早，在我們還沒起床之前，爸爸就帶著奶奶去兜風了。原本說好要「全家一起去」，他卻爽約了——但我隱約能理解他的心情。

「讓爸一個人去沒問題嗎？」

我邊吃早餐邊問，媽媽就說：「可能有點辛苦，但這樣對爸爸跟奶奶都好。在車上輕鬆聊聊往事，奶奶也會很開心吧。」

「可能會拉著奶奶一起去死吧。」

弟弟開了個糟糕透頂的玩笑，媽媽的笑容立刻僵住了。我什麼也沒說，將早報捲成筒狀揮向弟弟的頭。

「他說傍晚前會回來。」

媽媽這麼說，與其像是在跟我們報告，聽起來更像是在跟自己確認。隨後她又問：「長野先生幾點會來？」

「……暫定五點。」

「吃壽司如何？」

弟弟插嘴說：「我覺得燒肉比較好耶。」媽媽就開口罵道：「奶奶咬不動肉啊。」我也趁機飛快地回了一句：「吃什麼都好。」

長野先生一定會表現得很好吧，會讓奶奶留下在家裡度過最後一夜的愉快回憶吧。他心地很善良，一定不會讓我或爸媽傷心。

可是——我不知道下一句該接什麼，腦海中就只浮現出「可是」這兩個字。

可是——可是——可是——

媽媽忽然笑了笑，指著客廳沙發說：「喏，你們看。」

榮榮鑽到報紙的夾頁廣告底下。正牌榮榮也最喜歡把夾頁廣告當成隧道來玩。

「明明是替身，懂得還真多。」弟弟不禁讚嘆，媽媽也說：「剛來家裡的時候，我還覺得牠果然是另一隻貓，現在覺得牠越來越像以前的榮榮了。」

弟弟和媽媽繼續聊這件事。

「虎紋也不知不覺變得跟榮榮一模一樣了。」「討厭，這樣就有點可怕了。」

「有如榮榮的靈魂轉移到牠身上。」「胡說什麼啦，真是的。」……

我茫然地看著躲在廣告紙下方，只對我們露出屁股的榮榮。

幸好有借毛毯貓回來。依照這個狀態，牠應該還能再撐一天不被發現，好好取悅奶奶吧。

可是——可是——可是——

腦海中浮現的「可是」仍揮之不去。

「壽司就訂最高級的吧。」媽媽笑著這麼說。

爸爸跟奶奶下午就回來了，爸爸說：「我們去看海了。」奶奶要住的安養院是山中的溫泉地，一旦住進安養院，或許就再也看不到大海了。

奶奶一開始似乎沒認出我們是誰，還彬彬有禮地問候道：「讓各位費心了，請多指教。」但走進客廳看到榮榮之後，才又忽然回神變回平常的奶奶。

「雖然在長野面前紅著臉有點難看……」

爸爸拋出藉口，就從冰箱裡拿出罐裝啤酒，在廚房裡站著大口喝下，才終於像是從疲勞中解脫般笑著說：「啊～累死了。」

「怎麼樣？」媽媽小聲問道：「奶奶狀況還好嗎？」

「啊啊……在車上幾乎都在睡覺。」

「看到大海很開心嗎？」

「她哭了。」

「……這樣啊。」

「很久以前，媽有帶大哥大姊和我三個人去海水浴場，只有一次而已。當時是我纏著她說想去想去想去，媽才硬是跟公司請假，幫我們做了好多大飯糰……那個飯糰真的很好吃啊……」

爸爸將剩下的啤酒一飲而盡，接著又說：「我跟媽說了這件事，她就哭了。」光從爸爸說的這句話，我分不清奶奶是因為緬懷往事而哭，還是因為要跟疼愛的孩子們分開住進安養院才哭的。我猜爸爸應該也不想知道吧。

奶奶孤零零地坐在客廳沙發上抱著榮榮，用微弱又輕柔的嗓音唱著搖籃曲。榮榮一動也不動，只是閉著眼安靜地聽著那首歌。

長野先生說「我到車站就會打給妳」，而他打來的時候是下午四點多，還有將近一小時的空檔。「有空的話，要不要去站前咖啡廳喝杯茶？」——我覺得這樣也好。

我急忙衝出家門，走進約好的咖啡廳。坐在窗邊的長野先生向我揮手示意「這裡」，看到他的笑容，我忍不住別開目光。

我對他還是有幾分歉意，這也是理所當然的。但見我不停道歉，長野先生還是笑著回答：「妳不必道歉啊。」

「可是……」

「妳覺得我們要做的事，是百分之百的謊言嗎？」

我啞口無言。本來想敷衍地點點頭，卻又中途止住。隨後又想敷衍地搖搖頭，這次下顎還是中途就停下動作了。

「就算有百分之五十是在演戲，但剩下的百分之五十，我可是真心的喔。」

「……嗯。」

「妳應該還有幾分想結婚的心情吧？」

確實——並不是零。

可是也沒有——到百分之五十這麼多。

見我沉默不語，長野先生笑容依舊地繼續說道：

「我可以做個假設嗎？」

「咦？」

「假設我們結婚，做一輩子的夫妻，有了小孩和孫子……結果我失智了，妳會怎麼做？」

「怎麼、做……」

「讓我住進安養院就好，與其說我完全不在意，應該說這樣比較好。我不想給妻兒添麻煩嘛。該怎麼說呢，我不想看到自己所愛的人為我傷心難過。」

我心想：他真是個好人。

這人真是善良，剛剛說的一定也不是徒有形式的空話吧。

可是——可是——可是——

腦海中浮現的「可是」像氣球一樣飄來晃去，每當氣球撞上無形的牆壁破掉時，我的眨眼力道就變得更加沉重。

「欸。」我抬起頭。「這樣不會太自私了嗎？」

長野先生有些驚訝地反問：「為什麼？」

「因為……剛剛那些話，根本沒考慮到妻子、小孩和孫子的心情啊。」

「有啊，就是有考慮，才會說不想讓他們照顧失智老人啊。」

「……為什麼擅自決定？」

「什麼啊？」——長野先生的語氣有些苛刻。

「我是說，為什麼要擅自決定不讓他們照顧？你又不知道他們的心情。我覺得長照一定是辛苦到讓人想死的地步，可是有些人會覺得把父母送進安養院更痛苦啊。」

我想起爸爸昨晚的表情，還有他幫奶奶換紙尿褲時縮小的背影。

「……長野先生，如果你爸媽說想去住安養院，你也無所謂嗎？能笑著送他們離開嗎？」

「怎麼可能無所謂……可是沒辦法啊，就現實問題考量，住進安養院也能讓大家都幸福，而且這樣的案例比較多。廣美家也是這樣吧？最後還是把奶奶送進安養院了吧？沒辦法啊，這麼做廣美家才能幸福，對奶奶肯定也是……」

「不要用『肯定』這兩個字！」

旁邊的客人都驚訝地轉過頭來。

長野先生板起臉啜飲一口咖啡，低聲嘀咕道：「像這樣用挑語病的方式抱怨，我也很頭痛耶。」聽起來很不高興。

我自己也知道這麼做或許只是在挑語病。考量到現實層面的問題，我也認為長野先生的觀點才是正確的。

可是——可是——可是——

我想讓長野先生更頭痛，想讓他絞盡腦汁、猶豫不決地說出「到底哪一種方式才算幸福……」。

可他一旦回嗆「這麼做有什麼意義？」，我也只會啞口無言。

「算了。」長野先生重新打起精神，露出跟剛才一樣的笑容說：「該走了吧？」

「……嗯。」

「別擔心，我會好好表現。廣美也要努力讓奶奶安心。」

長野先生加深了笑容的弧度。

回到家後，就看到客廳桌上放著盛裝壽司的巨大圓盒，旁邊放著媽媽做的料理小盤。奶奶在家裡吃的最後一頓晚餐，馬上就要開飯了。

「咦？長野先生呢？」

我沒理會疑惑提問的媽媽，逕自走到坐在沙發上的奶奶面前。正在準備酒水的爸爸也問「妳一個人嗎？」，但我沒回答。

我趁長野先生在咖啡廳櫃檯結帳時逃走了。真是卑鄙，居然做了這麼差勁的事，我心裡也很清楚，可是——可是——可是——

「奶奶。」

我一開口，奶奶就緩緩抬頭笑了笑，用純真無邪的笑容向我問候：「妳好呀。」

「奶奶，妳聽我說……對不起，今天我本來要帶男朋友回來，可是對不起，我真的，還是不想跟那個人結婚，所以決定不帶他回家……」

爸爸、媽媽和弟弟都目瞪口呆地看著我。

奶奶的笑容依舊。

那個笑容——似乎沒認出我是誰。

我轉頭看向爸爸他們，拚命用輕鬆的語氣說：「嗯，總之就是這樣，麻煩你們了。」就在此時——

「年輕人吵吵架也挺好的。」

奶奶用吟誦般的語氣說：「變成夫妻之後就得吵架才行，我說真的。」——聲音彷彿懸在半空一樣輕飄飄的，還露出慈祥和藹，無比純粹又通透的笑容。

我想回點什麼，但感覺話還沒說出口，眼淚就會代替聲音奪眶而出。

鑽進桌底下的榮榮輕盈地跳上沙發，發出撒嬌的呼嚕聲抱住奶奶的腿，奶奶也回應：「嗯，榮榮，過來這裡。」彷彿在切換電視頻道般，又回到了現實世界。剛剛關於長野先生的那些話，或許聽完就流出她的記憶了吧。這樣也好，畢竟我說這些話不是為了奶奶，而是為了我自己。

我說：「奶奶，妳跟榮榮在一起就很開心呢。」

奶奶摸著榮榮的背點點頭，彷彿在說「那當然」。

「這隻貓很善解人意嘛，真的是善良乖巧的好孩子。」

榮榮用溫潤的嗓音叫了一聲，彷彿聽懂了這句話的意思。

「好貼心，你好貼心呀……謝謝你唷……」

我忽然打了個冷顫。

爸爸他們的視線也開始動搖。

難道——

奶奶用雙手舉起榮榮的身體，重新抱進懷裡。

「真的很謝謝你……」

她對榮榮這麼說，又轉頭看向我們，不斷重複同一句話。

謝謝。

奶奶的笑容、聲音和整個身體，都透明到像是要消失了一樣。

爸爸發出嗚咽聲，不用回頭也知道他在強忍淚水。

「好貼心啊，大家都好貼心啊……」

奶奶再次對榮榮這麼說。

我們真的很貼心嗎？

或許很貼心，卻也軟弱到無力挽留即將住進安養院的奶奶。是因為貼心才軟弱，還是因為軟弱才貼心？是太軟弱才導致貼心，還是太貼心才導致軟弱……我不知道，可是，此刻我才終於發現，腦海中浮現的「可是」多了幾分重量。

口袋裡的手機響了。不用掀開手機蓋，光聽來電鈴聲，我也知道是長野先生打來的。

我把手伸進口袋，將手機關機。

看著像是被按下暫停鍵的影片的廚房，我出聲喊道：「吃飯吧。」

爸爸用盡全力在忍淚，完全沒辦法回答，媽媽就笑著問我：「妳也要喝啤酒吧？」

最後一夜。

明天早上不要跟奶奶說「再見」，改說「路上小心」吧。

爸爸吸了吸鼻涕，從冰箱拿出事先冰鎮的梅酒瓶。因為以前拚命工作養育孩子的奶奶唯一的樂趣，就是在睡前用小酒盅喝一杯梅酒。

「那我就坐下囉。」一聽到粗神經的弟弟這麼說，媽媽特別叮囑：「不能把小黃瓜細卷吃掉喔。」跟奶奶一起吃壽司的時候，就算訂最高級的套餐，也一定要加點小黃瓜細卷。因為奶奶心目中的豪華壽司，從以前就一直是小黃瓜細卷。

榮榮從奶奶腿上跳下來，來到我腳邊用身體蹭呀蹭的，開始喵喵叫。

真的是貼心的好孩子。

也是一隻聰明伶俐的貓呢。

我再次將手伸進口袋，緊緊握住手機。

「欸，媽，我去二樓講個電話。」

媽媽沒有回答。她剛好從櫥櫃拿出餐盤，可能沒聽見吧。

但我沒有再說一次。

因為媽媽將六個玻璃小盤放在廚房餐櫃上。

「來吵架吧。」

我說：「不是爭論誰對誰錯那種，以後常常來吵架吧。」——也感謝他沒有把手機關機。

「以後……是從什麼時候開始？」

長野先生這麼問。

「總之就從今晚開始吧。」

聽我這麼說，他就用帶著笑意的聲音問：「可以嗎？」

「奶奶也在等你。」

「……要在奶奶面前吵架嗎？」

「也不必這麼刻意啦。」

我被自己說的話逗得噗哧一笑，長野先生也笑著說：「我再五分鐘就到了。」

從車站走到我家——要十分鐘。

「你正在路上嗎？」

「嗯，我本來想說……吃閉門羹也無所謂。」

「你猶豫了嗎？」

「咦？」

「長野先生，你做出這個決定時，有非常猶豫和苦惱嗎？」

「那還用說。」

長野先生有些氣惱地說：「而且還很沮喪。」

感覺還不賴。

既然要吵架，當然要找個會猶豫、苦惱和沮喪的對象。

而且吵完架要和好的話，只能找心地善良的人。

掛斷電話後，就聽見客廳傳來爸爸的笑聲。他不是用「奶奶」或「媽」稱呼奶奶，而是像小孩一樣喊她「媽媽」。

媽媽以前都對我大呼小叫耶。

媽媽生起氣來真的很恐怖耶。

媽媽、媽媽、媽媽……

我將手機放在書桌上，離開房間，慢慢走下樓梯。

往那些貼心又軟弱的家人齊聚的客廳走去。應該很快就會再多一名新成員了，奶奶一定會帶著慈祥的笑容接納那個人吧。

討人厭的毛毯貓

1

我聽見貓叫聲。

確實聽見了「嗚呀！嗚呀！嗚呀！」這種顯露敵意的低吼聲。

應該是二〇四號室吧，上個月剛搬過來的女性上班族的房間——她還不知道這裡的房東有多恐怖，不曉得那個臭老頭有多陰險。

我走出房間，從三樓下樓梯來到二樓，在走廊尾端偷偷觀察二〇四號室。果然沒錯，房東老頭站在那間房前面。開門的女性上班族拚命道歉，但如果老頭會接受她的歉意，一開始就不會做出那種陰險的舉動。

「這是規定啊。」——看吧，開始了。

「契約上都有寫吧，妳不也看過了嗎？」——我每次都覺得，他說話可以再有禮貌一點吧。

接下來就變成老頭單方面的告知了。

「總之搬出去吧。」

「不，不行，規定就是規定。這不是廢話嗎？連小孩子都懂。」

「我不想聽妳解釋，是妳違規在先。」

「我不會要妳明天就搬走，所以就這個月吧，月底之前搬出去，我還要把房間整理整理。不好意思，押金可能沒辦法還妳，這還用說嗎？我還得把壁紙換掉耶。」

「味道啦，味道。貓的味道本人聞不出來，但味道真的很重耶，臭死人了。」

「總之就到這個月中吧，明天我就會張貼徵租廣告。妳如果想賴著不走，我就必須跟妳的連帶保證人談談了。」

我從小國文就不太好，看過老頭之後卻覺得自己變聰明了。「正經八百」、「盛氣凌人」和「無所適從」，指的就是眼前這種狀況吧……

老頭把想說的話全說了個遍。

門就關上了。

最後租房的那個女生似乎也有些嘔氣，關門的動作和「啪咚」聲，都充滿不悅的情緒。

我能理解她的心情。

那個老頭真的讓人很不爽。

連我這個圍觀者看了都勃然大怒，如果我是當事人……搞不好會刺死那傢伙。

老頭轉向這裡。

我急忙想藏身，卻已經來不及了。

對上視線後，我只能無奈露出「欸嘿嘿」的客套笑容跟他打招呼。

老頭依舊板著臉，只抬了抬下巴表示「喔，你好」，讓我切身體會到「敷衍」這兩個字的意義——對了，「敷衍」跟「應付」有什麼差別啊？

老頭手上提著籃子。年過七十的難搞老頭跟充滿野餐氛圍的籃子——怎麼想都不搭，但怎麼說呢，這就是討厭鬼惹人厭的原因。

籃子裡有一隻貓，是每個月的某個週六跟寵物店借來的租借貓。老頭會用那隻貓檢查違反「禁養寵物」契約的租客。只要他提著籃子經過走廊，不管是貓、狗還是小鳥，總之房裡的所有動物都會叫。遇上烏龜或美洲鬣蜥這種不會叫的動物，就變成貓會叫，跟瓦斯洩漏警報器或金屬探測器沒兩樣。

我逃也似地衝到一樓來到馬路上，再次轉頭看向建築物。

這棟是三層的套房公寓，總共有二十間房，再加上老頭的房間。本來就是老頭家裡的地，所以他應該是相當富有的資產家。他將老家拆除，打掉庭院，蓋了這棟套房公寓，獨自住在其中一間房裡——應該經歷過大風大浪的人生吧。

以租賃物件來說，條件也不算差，不對，應該算是最高等級了吧。走路只要三分鐘就能到急行車停靠的車站，到新宿的直達車只要十五分鐘，轉乘到澀谷只要二十分鐘，還跟駛入都心的地下鐵互通，離首都高速公路的匝道也很近。屋齡五年，有線電視的線路已經牽好了。雖說是套房，專有面積卻比糟糕的兩房一廳還要寬敞，廚房設備很齊全，衛浴也是分開的，當然也有安全自動鎖。不僅如此，房租還遠低於行情價，便宜到讓人懷疑是不是有人自殺過的凶宅。這樣的房子當然很受歡迎，用房仲廣告術語來說就是「超優質物件」——但要撇除房東老頭的性格啦。

我走到車站。

經過車站旁邊的房仲公司前面，正好看到年輕員工在玻璃牆上張貼物件廣告。是我們公寓的二〇四號室，還寫著「下個月可入住」，行動力也太快了吧，而且毫不留情。我想起在門口拚命低頭道歉，長相看起來跟男人沒什麼緣分的租客，不禁嘆了口氣。

老頭剛剛說「錯的是違規的人」，這話也確實沒錯，新張貼的廣告單上也寫得清清楚楚。

「嚴禁寵物」

規定就是規定啊……我又嘆了一口氣。

我忽然在「嚴禁」的「嚴」字上，看到了房東老頭皺紋滿布的臉。

「那是什麼樣的貓啊？」

悅子這麼問，神情有些忐忑。

「我只看過兩三次……但感覺個性很差。」

我眉頭緊蹙地說，悅子就面帶苦笑說：「真是的，光看外表哪看得出個性啊。」

「呃，但我真的感覺得出來啊，因為一看就像個性很差的貓。」

我沒有說謊。

我對貓的種類一無所知，但總覺得在童話或寓言登場的壞心貓咪，一定就是那種感覺。

「胖胖的嗎？」

「嗯，毛也很長。與其說牠胖，應該說那傢伙態度超級囂張。」

就像人類當中有人喜歡觸犯別人的底線，貓當中也有那種沒做什麼就讓人看不順眼的類型。公寓租客偷偷養的那些寵物，也是因為敏銳察覺到這一點才會叫吧，所以牠們的叫聲都帶著脾氣。不是隔著門跟同伴打招呼的叫聲，用人類來形容的話，就是「幹嘛啊，混帳東西！」這種挑釁的叫聲。

「到底是什麼貓啊……」悅子聽得十分疑惑。

我有些不屑地說：「就是一隻爛貓。」

如果只是被借來的貓，我也不會這麼憎恨，但牠居然變成那個陰險老頭的爪牙，光這一點就讓我生氣。

「悅子看了一定會跟我有同感，我敢保證。」

「是嗎……」

悅子又歪著頭補上一句：「只要是貓我都喜歡耶。」並摸摸放在腿上的小貓。

那是她昨晚撿來的，好像是被放在紙箱裡的棄貓，棄養人還在上面寫著「希望能被善心人士收養」——仔細想想，就覺得這句話超級厚臉皮又自私。

「要養嗎？」

聽我這麼問，悅子有些猶豫地回答「如果可以的話」。

「這個家可以養寵物嗎？」

「……不行。」

「那怎麼辦？」

「嗯……」

「如果可以的話，我還想寄養在小拓家裡耶……」

「沒辦法養啦。」

「我也跟你一起住啊。」

「就說不行了。」

我答得不假思索，但聽到自己的聲音後，我又疑惑地看向悅子。

悅子露出羞澀的笑容說：

「唉呀，雖然還沒想到結婚那方面的事，但應該可以跟小拓同居了吧。」

「……真假？」

「因為……」悅子的臉頰頓時漲紅。「小拓也覺得這樣比較好吧？」

嗯嗯嗯嗯，我像發條人偶一樣瘋狂點頭。

還忍不住「嗚呼～！」地做出雙手高舉的萬歲手勢。

從搭訕開始交往了半年，也發生過幾次小爭執，但我對悅子超級專情，這份心意現在終於得到回報了。

但看到我不斷高喊萬歲，悅子輕聲嘀咕道：

「可是……小拓的公寓不能養貓啊……」

「等、等一下，沒關係，我來想辦法。」

「想辦法？」

「就是……把房東老頭殺掉之類的……」

悅子苦笑著說：「笨蛋。」

真是的，連我自己也覺得很蠢。

可是如果、萬一悅子真的說出「那就殺吧」這種話，我可能就會去買刀。最近我深刻體會到「紅顏禍水」這四個字的意義。

「或是一起住在這個家裡。」

「那我搬家好了？」

「可是能養寵物的大樓或公寓也不多啊。就算有，房租也很貴。」

「……嗯。」

「小拓，你有錢嗎？」

我垂頭喪氣地搖搖頭。

說來丟臉，但我已經二十五歲了，還是沒有正職工作的飛特族。要兼職白天的大樓清潔工和超商大夜班工作，才能勉強維持現在的公寓生活。悅子的派遣工作一個月也只有十天左右，財務也很吃緊吧。就算兩人同居將房租對分——應該也沒辦法租到跟這棟超便宜公寓同等級的房子。

「乾脆去鄉下住吧，比如千葉或埼玉這些地方，房租也很便宜吧。」

「小拓，你住得下去嗎？」

「……沒辦法。」

「沒辦法吧。」

悅子一口咬定，還補了一句：「我也沒辦法。」

玩樂重於工作。

當下重於將來。

雖然知道這樣不太好，但這是我的真心話。只要在繁華城市住過一次，就沒辦法住鄉下了吧。

那把小貓丟掉不就好了——我將衝上喉嚨的這句話硬吞回去。要是說出這種話，馬上就會被悅子討厭吧。

我不想跟悅子分手。

悅子不想丟下小貓。

我的公寓不能養貓。

我沒辦法搬離現在的公寓。

悅子說想在這間公寓跟我同居。

頭開始痛了。

我不擅長思考太複雜的事，也不喜歡這麼做。

這種時候，總之就——

先做愛再說。

小貓一臉驚訝地看著赤身相擁的我們。

感覺很難堪耶……

但讓身體暢快之後，腦袋也清楚多了。

悅子穿上衣服後說：「欸，我剛剛靈機一動，說不定是個好點子喔。」

「我剛剛也瞬間有了想法。」

「真的嗎？」

「嗯。換句話說，只要房東借貓來檢查的時候，我們的貓不要叫就好了。」

「對對對，就是這樣。重點是……」

「因為生氣才會叫。」

「嗯，沒錯。所以……」

「一開始跟房東的貓好好相處不就好了嗎？」

「就這麼辦～！」

「然後呢，房東的貓是借來的，表示我們也可以借吧。」

「完全正確。」

「對吧～？所以我們也去借一次，讓牠跟我們的小貓見面，好好相處，讓牠在檢查當天也不會叫。這樣應該就能輕鬆過關了。」

我用手指比出ＯＫ手勢，悅子也比出一樣的手勢，笑著點點頭。

感覺挺不錯的。

「可是那隻貓個性不是很差嗎？」

「有些人第一印象很糟，實際見過才意外發現是個好人啊。」

「……那是狀況好的時候吧。」

「別擔心，相信我吧。」

我把ＯＫ手勢變成勝利手勢，驕傲地挺起胸膛。

隔天，我馬上去拜訪房東家。

自從前年搬來之後，這是我第一次私下找他說話。

老頭一打開門，就用驅趕銷售員那種冰冷語氣說：「有什麼事嗎？」這傢伙真的是……

我拚命擠出笑容，不斷強調「我有個朋友很感興趣」，向他打聽租借貓的店家。

老頭露出超級可疑的表情，超級不客氣地盯著我看，之後才把店名告訴我，語氣像是把紙屑揉成團丟掉一樣。

真讓人不爽，把他殺掉搞不好還快一點。

但我還是笑容滿面地說：「非常感謝～那我先告辭囉～！」

「啊，等一下，你啊……」

「啥？」

「有做好垃圾分類嗎？你把寶特瓶跟鋁罐丟在一起了吧？垃圾分類不確實，我會很傷腦筋耶。」

不是我啦，白癡喔。

但總而言之，這樣我們的作戰計畫就踏出第一步了。

2

寵物店的氛圍比我想像中還要乾淨。可能因為那些「商品」——動物都關在玻璃箱子裡，所以沒什麼聲音和氣味。

我還以為味道會像動物園那樣帶有野生獸性，也以為貓狗和小鳥各種動物的叫聲會到處交雜，吵鬧不堪。

「你在說什麼呀。」

悅子露出傻眼的笑容說：「那種寵物店不會有生意吧。」——這倒也是啦。

玻璃箱是用小包廂縱橫排列的形式，感覺很像透明置物櫃，或是百圓店偶爾會看到的塑膠小物收納盒。不論貓區還是狗區，裡頭全都是小幼崽。

「欸……」

我戳戳悅子的手肘小聲問道。

有個年輕店員在櫃檯後面寫東西，如果我亂說話，搞不好會把土佐犬或杜賓犬放出來咬我。

「會有賣不出去的寵物嗎？」

「當然有啊。」

「那會怎麼樣？」

男性人類會有熟女癖好，但寵物應該不適用吧。在寵物這方面，人類都是蘿莉控嗎？

悅子疑惑地歪著頭說：「可能會打折吧。」

「也不會因為便宜就買吧？很佔空間耶。」

「應該不是佔空間的問題吧……」

「但我說真的，如果牠們長大變成老爺爺老奶奶，還是沒人要買的話怎麼辦？」

處分——這兩個字忽然閃過腦海。

我不禁露出排斥的表情。

有了這種想法，再看看箱子裡面，就覺得這些小貓小狗都在拚命撒嬌討好。就算沒有搖尾巴或將臉貼在玻璃牆上，也能隱約感受到牠們渾身散發著「請多指教～」的氣息。

到目前為止，我都覺得寵物是不用煩惱三餐還包午睡的爽缺。但我現在才深刻體會到，在得到這種立場之前，牠們必須經過嚴苛又激烈的考驗，顧名思義就是生存競爭，忍不住想跟箱子裡的寵物說聲「加油」。

「欸……」

「嗯？」

「如果是寵物的話，二十五歲是不是已經沒救了？」

「幹嘛，小拓，你在說自己嗎？」

我默默點頭。我從來沒有「一定要達成目標！」這種強烈的夢想，始終過著渾渾噩噩、滿口怨言、拖拖拉拉、吊兒郎當的飛特族生活，往後應該也會繼續下去。

但這樣真的好嗎……

我面前忽然傳來「啪啪啪」的拍手聲。原來是悅子像老師一樣在拍手。

「好好好，別再當憂鬱男孩了，我們沒多少時間，趕快去借貓咪吧。」

她獨自快步走向櫃檯。

沒辦法，我只好跟在她後頭。

「那個～不好意思。」

聽到悅子將身體探進櫃檯呼喊店員的聲音，我才發現一個致命的失誤。

甚至不小心喊出「完蛋」。

我居然忘記跟房東老頭問最重要的事——貓咪的名字。

我不管被交辦什麼任務，都會是這種結果。注意力渙散，不會看地圖，也不會跟別人問話，有遺失物番長、出包帝王、錯漏字大王之稱……國中時還被班導說「再這樣下去，會沒辦法變成像樣的大人喔」，沒想到是個精確無比的預言。

可是老師～「像樣的大人」是怎樣的大人啊？

以後如果有辦同學會，我有點想找老師問清楚了。

店員來到我們面前說：「歡迎光臨。」

「呃～我們想租借貓咪……你們有在租借吧？」

聽悅子這麼說，店員親切地點頭說道：「有，沒問題。」並瞥了我一眼。在短短一瞬間——又快速掃過悅子的臉。

出現了。我咬緊牙關。

如果高二就輟學，又做了將近九年的飛特族，自然能明白這種「偷瞄」是什麼意思。

「請問是哪位要租借？」

悅子毫不猶豫地指著我說：「就是他。」

我在心中擺出「OH MY GOD!!」的姿勢。我們事前怎麼沒有好好研擬計畫呢？真是後悔莫及。

悅子可能是想幫我做個面子，但她這個派遣員工根本不明白真正的飛特族有多站不住腳。而且如果她知道了，搞不好會馬上跟我提分手。

悅子讓出位置，讓我站在櫃檯前面。店員依然用和藹可親的笑容詢問：「您是第一次租借嗎？」

看吧，來了。我做好心理準備點點頭。

「實在不好意思，本店必須登錄租借客戶的資料。」

「好的好的。」
「登錄手續非常簡單，但畢竟要租借的是動物嘛。」
「好的好的。」
「那麼，能請您出示能證明身分的證件嗎？」
「健保卡可以嗎？」
「啊，非常抱歉，希望是有照片的證件❶。」
「……駕照呢？」
「不好意思，方便的話，能不能出示公司證件呢？」
看吧，來了，這個世界就是這樣。
「我有丸井百貨的紅卡……應該不行吧。」
店員用「別開玩笑好嗎」的眼神看著我。這傢伙真是一點幽默感都沒有。
「TSUTAYA的會員卡也不行嗎？」

❶日本的健保卡沒有照片。

第二次搞笑，也是毫無反應。

基於男人的堅持，我沒有臨陣退縮。

「加油卡？」

無視。

「TOWER RECORDS的會員卡？」

默殺——所謂的沉默殺人，完全就是現在這個狀態吧。

「捐血卡？」

店員用眼神向悅子示意「拜託妳說句話吧」。

此時我祭出最後的大絕招——「啊啊，有了有了。」我翻找錢包，從卡片層中取出一張卡說：「這張如何！」並將卡放在櫃檯上。

寶可夢卡。

依照過往經驗，每個人都會在這時候噴笑出聲，而且連性格嚴謹的女人都意外有用。對方如果笑出聲，就算基本問題根本沒有解決，至少也能緩和現場的氣氛。

但這位店員似乎是超級正經八百的人，還用「夠了沒有」的眼神瞪著我。

悅子急忙介入。

「好好好，別裝傻了啦。」她罵了我幾句，又再次看向店員說：「那就用我的名字租借吧，可以用這個證件嗎？」

「可以……沒問題……」

悅子拿出派遣公司的登錄證。以身分證明文件來說，等級其實也滿低的，但跟剛剛的寶可夢卡相比根本是天壤之別。用棒球比喻的話，就算只是時速一百三十公里左右的直球，但在變速球之後投出，在打者眼中也會變成時速一百四十公里以上。不論是緩急差異還是高低起伏，我都覺得是超讚的助攻。

總而言之，情況總算有所進展了。

店員看著租借申請書，將悅子的姓名、住址和電話號碼輸入電腦，接著又問：「想借什麼樣的貓咪呢？」

悅子又把櫃檯前的位置讓給我。換位置的時候，她笑著在我耳邊低語：「這樣我就一勝了唷。」如果我現在承認忘記問貓的名字，她應該會高聲大喊「這樣兩勝！」要我今晚請她吃飯吧……

結果我的擔心只是杞人憂天。當我問：「說名字就好了嗎？」店員卻直接回答：「租借貓沒有名字。」

三天兩夜的租客會各自幫牠們取名。同樣一隻貓，被A借走時會變成「伊莉莎白」，被B借走時會變成「小玉」。

「還是要親自取名，才能開始培養對貓的感情。」

「喔……」

悅子在一旁問道：「這樣貓咪的腦袋不會亂掉嗎？」

「別擔心，貓也是很清醒的。」

店員答得輕鬆，第一次說出「雖然我也不懂貓的心情啦」這種類似開玩笑的話。

悅子也佩服地點點頭說：「原來如此。」隨後又笑道：「這樣到底是太聰明，還是太傻了呢？」

我也回了個笑，腦中卻想著另一件事。

租借貓的感覺，好像飛特族跟派遣員工啊——

「那麼，現在能租借的貓有這些……」

店員從架上拿出檔案夾，在櫃檯上攤開。

是附照片的名單，而且不是小貓。店員擅自擔心我們會感到失望，用辯解般的語氣說明沒有小貓的理由。租借貓會不停更換飼主，小貓無法承受這股壓力。為了讓俗稱「不黏人只戀家」的貓適應租借工作，他們也會對貓進行訓練，貓咪也被訓練到只要帶著喜歡的毛毯，不管到哪裡都能入睡的技能……

我覺得很有道理。

不停轉換職場的飛特族和派遣員工，也需要能立刻適應全新環境的能力。沒辦法堅守一份工作就是沒毅力的證據？開什麼玩笑。我們可是堅毅到能勇敢跳入新環境啊，怎麼能忘了這一點呢——

我今天有點怪，居然對貓的生存態度移情了。

「欸，你要哪隻貓？」

被悅子催促後，我翻開檔案夾。

貓的照片上寫著年齡性別，還有三花和美國短毛這種不知是品種還是品牌的東西，還用號碼代替名字，感覺好像中華料理的菜單。

房東老頭的「搭檔」在最後一頁，是隻肥嘟嘟、眼神凶惡、超級目中無人的貓。連喜歡貓的悅子都皺起眉頭「嗚哇～！」地往後退。

上面寫著年齡六歲，公貓（雜）。

我問：「這個『雜』是什麼意思？」

店員回答：「雜種的意思，就是米克斯啦。」

我心想：那就寫「米克斯」啊。幹嘛寫「雜」啊，「雜」是怎樣啦。這跟街頭民調的職業欄位「上班族、學生、其他」的「其他」一樣嘛——呃，又移情了。

悅子說：「雜種以外的貓都附有血統證明呢。」

「是啊。牠們本來就是店裡跟飼主無緣的寵物，至少也該是純種……」

其他的就是「純」喔，血統還分雜種和純種啊。每個人都是混了爸媽的血統，只靠這點判定的話，那大家都是雜種啊——我今天真的很怪耶。

「今天可以借這隻貓嗎？」

我指著照片問。

結果店員忽然語氣含糊地說：「可以，是可以啦……」

悅子問：「有什麼問題嗎？」

「不，其實也算不上問題……但老實說，我不建議第一次租借的客人選擇這隻貓。」

「為什麼？」

「牠脾氣太差了。該說牠愛吵架嗎？還是對任何人都會表露敵意……總之有點特立獨行。」

「但牠應該有受過租借貓的訓練吧？」

「是的，有接受訓練，但牠似乎會挑選飼主，若飼主不合牠的心意，就會，大鬧特鬧……」

我頓時嚇得退避三舍，腦中浮現出房東老頭那張古怪至極的臉。如果不像老頭那麼頑固，可能就不會被牠認定為飼主。

但我還是要借牠回去，否則就沒有意義了。

「沒關係，麻煩你了。」

「……真的嗎？」

「沒問題。」

「呃，可是……真的沒問題嗎？」

店員充滿疑心的態度讓我火冒三丈。

真想嗆他「別小看飛特族」。如果要算在工作上遇到的「麻煩鬼」數量，我絕對不會輸給那些正職員工，而且飛特族只能待在那種充滿「麻煩鬼」的職場呢。這種事有什麼好自誇的。

我挺起胸膛說：「包在我身上。」悅子也用敬佩的眼神看著我。

「我會好好矯正這隻貓的劣性。」

還發出「哇哈哈哈！」的笑聲。

三分鐘後。

「哇哈哈哈！」的豪邁笑容，已經變成鼻頭貼著ＯＫ繃的「嗚咿咿咿！」那種快哭出來的表情。

店員將放在櫃檯的貓籠蓋子打開，讓我跟貓對視。那一瞬間——貓似乎就判定我「不配當飼主」。

那隻貓像驚嚇箱裡的彈簧人偶一樣揮出右爪，往我的鼻子用力一抓。

但我還是得跟這隻臭貓——跟「雜」打交道才行。

3

來到悅子的公寓後，我就先幫這隻臭貓取名。

「阿雜」——雜種的雜。

悅子輕輕瞪了我一眼說：「好過分喔。」

「有什麼關係，雜種就是雜種啊。」

「但應該再想一下吧……要考慮貓的心情啊。」

「少囉嗦，名字根本沒差吧，別對這種事斤斤計較。」

悅子幫撿來的小貓取名為「喬米」，聽起來很像洗碗精的名字。我覺得這種取名方式對貓更失禮，但如果真的說出口，被阿雜抓傷的鼻頭這次應該會再吃一記拳頭，於是我默默將阿雜待著的貓籠放在房間正中央。

貓籠從剛才就晃個不停，是阿雜在鬧，還不高興地用鼻子發出「哼！哼！」的氣音。店員明明說「進貓籠之後就會安靜下來了」，居然敢騙我。

「要打開嗎？不會有事吧？」

抱著喬米的悅子有些不安地問。

「還是要打開才行啊。」

「不會衝過來吧？」

「我哪知道。」

為了不讓剛剛的錯誤重演，我將身子後仰，盡量讓臉遠離貓籠。悅子也退到狹小房間的角落。

「我要開囉。」

說完，我打開蓋子。阿雜跟剛剛的反應截然不同，慢悠悠地走出貓籠。牠緩緩轉動肥胖的脖子，似乎在確認這裡是哪裡，並像橄欖球員的戰吼那樣發出「呼！呼！呼！」的粗啞聲音——隨即轉過身衝撞我的腹部！牠將利爪伸向我的T恤，對洗到褪色的布料狠狠撓抓撕裂，我的腹部也跟著被抓傷，立刻留下幾道紅腫抓痕，傷口還滲出鮮血。

「可、可惡，混帳東西！開什麼玩笑啊！」

我本想將牠踹開，阿雜卻搶先一步靈巧躲開，緩緩往悅子走去。

「呀啊！呀啊！呀啊！」

悅子發出尖銳的慘叫，驚慌失措地在原地揮動手腳，這丫頭還真蠢。

阿雜停下腳步。

牠將前腳放下，變成像招財貓——如果是狗的話就是「坐下」的姿勢，靜靜看著悅子。不，不對，阿雜看的是被悅子抱在懷裡的喬米。

喬米也直盯著阿雜。

喬米發出「嗚喵～」的微弱叫聲。

阿雜發出「呼！」的粗啞氣音。

喬米發出「喵～」的溫柔嗓音。

阿雜發出「噗呼！」的鼻息聲。

喬米說：咪嗚～！

阿雜說：嗯咕！嗯咕！

喂，這是對話嗎？

牠們是在聊天嗎？

喬米鑽出悅子的懷抱，直接跳到地板上。年紀雖小，但真不愧是貓，落地姿勢太漂亮了。

阿雜慢吞吞地踏出一步、兩步，緩緩靠近喬米。喬米也踏著輕盈步伐迎接阿雜。

糟糕！要被揍了！

懸疑劇那種不協調的刺耳音效，在我耳朵深處迴盪。

但阿雜沒有攻擊喬米，喬米也沒有發出慘叫。

喬米用臉頰磨蹭阿雜，用纖細的前腳輕戳阿雜壯如岩石的肩膀。

阿雜動也不動，維持「坐下」的姿勢和冷酷的表情，什麼也沒做。

喬米發出「嗚咪～」的甜美叫聲，將臉埋進阿雜的肚子。

隨後又鑽到肚子下方——就像袋鼠的小孩一樣。

阿雜還是不動，只是一臉不爽地看著半空中，讓喬米為所欲為。

「所以啊。」

悅子將按壓式消毒藥噴在我手背上說：

「小拓跟阿雜處不來啦。」

「……閉嘴。」

「因為那孩子雖然一臉凶相，對我跟喬米卻很溫柔嘛。牠本性一定很善良。」

「……閉嘴。」

「喏，小拓都會像這樣馬上就生氣嘛，阿雜也看出來了，所以才不想跟你親近。你應該像這樣，用更開闊的心胸跟牠好好相處。」

「就叫妳閉嘴了。」

我冷冷地將手背抽回，對刺痛的傷口吹氣。

又被阿雜整了。

都已經到三天兩夜的第二天了，這傢伙還是一看到我的臉就惹事。剛洗完澡被牠抓傷腳背的時候，因為血液循環變好，流出來的血多到嚇人。睡覺的時候，牠會滿不在乎地踏過我的肚子走到對面。早上洗臉的時候，牠會把我的睡褲抓破。我氣到一大早就想喝啤酒的時候，牠就把我拉開拉環放在桌上的罐裝啤酒打翻。

即使如此，氣度非凡的本大爺還是用比大海還要廣闊的心，把中午的貓糧裝了滿滿一大碗，把碗放在阿雜面前說：「來，吃吧。」結果那隻臭貓冷不防就往我手背猛抓一頓……

「但我很喜歡阿雜耶，牠很溫柔呀。」

悅子用下巴指了指房間角落叫我看，只見喬米正在纏著阿雜玩。阿雜雖然沒有跟牠一起玩，卻也沒有不耐煩的樣子，只是默默任牠玩弄。

「不覺得他們是一對完美搭檔嗎？」

「還好吧……」

「喬米從來沒有像這樣撒嬌過耶。畢竟是被棄養的小貓，牠非常怕寂寞，但警戒心也很強。所以，嗯，不覺得阿雜這隻貓比想像中還要厲害嗎？」

我敷衍地點點頭，並看向阿雜。

和牠四目相交。

阿雜一臉嫌棄地將臉別開。

我果然被這傢伙討厭了吧……

氣死人了。

卻也覺得有點難過。

「小拓，你今天晚上要打工吧？下班後要幹嘛？要來我家過夜嗎？」

我想了一會才回答：「我還是回去吧，阿雜應該也覺得我不在比較好。」

悅子笑道：「真是的，幹嘛賭氣啦。」

「我哪有賭氣。」

「這樣說就是在賭氣。」

或許吧。

偶爾也該老實承認。

租借貓的底層廢物——居然被這種討人厭的貓討厭，讓我覺得自己很沒用、不甘心、悲傷又寂寞……

「欸，悅子。」

「嗯？」

「我老家那邊有『貓不理』這麼一個詞，不是在形容魚，是在形容人，是人類喔，意思是沒價值到連貓都會跨過去不理的人。我可能就是『貓不理』吧……都已經老大不小了，還是個遊手好閒的飛特族，對將來沒有任何展望，也沒有特別想做的事。總覺得我這種人……」

我其實無意說這些洩氣話，話語卻擅自脫口而出。

悅子起初也只是笑著說：「怎麼啦，幹嘛這麼憂鬱呀？」聽著聽著卻也板起嚴肅面孔附和我說的話。

「還是你去找工作？」

「我哪有辦法啊，不但沒上大學，連高中都沒讀完。」

「那……你還要繼續當飛特族嗎？」

「我不知道啦。」

我像是要逃避現實般，站起身走向玄關，卻發現放在三和土地板上的運動鞋鞋帶鬆開了。

「啊，抱歉，剛剛阿雜跑過去亂弄，把鞋帶弄鬆了。」

算了啦，反正我就是個貓不理廢物……

我意志消沉地到超商上大夜班。沒什麼事卻跑來深夜的超商，站著看免費雜誌，看看有哪些零食飲料的新商品，坐在店門口邊吃冰棒邊用手機傳訊息，過了一會又緩緩起身，將冰棒袋子丟在路邊，踏著懶散的步伐消失在夜幕中——看到這種人，我就覺得莫名感傷。

我們到底在幹嘛啊。

我自然而然就用了「我們」這種複數代名詞。

我們五年後到底會變成什麼樣子？

繼續原地踏步，人生只會越來越糟——

可是，我們接下來又該往哪裡走？

國高中的課堂上根本沒教這種事啊。

玩搖滾和嘻哈的那群人，只會用簡單粗暴的「狠狠破壞！」來煽動我們。

但我們到底要破壞什麼——？

又是為了什麼——？

說穿了，我們要去哪裡才能找到破壞的鐵鎚？

凌晨四點，我將貨運送來的便當排上貨架，這是今晚最後一項工作了。

我排著便當，並抬頭看向防盜用的廣角鏡。我在凸面鏡中的倒影只有額頭變得好大，手腳卻細小到不忍卒睹。

凌晨五點跟早班同事交接完畢後，我走出店外。

我拎著快要過期的便當來到公寓前，入口大廳的自動門就打開了。

我猛地抬起頭。

看見房東老頭後，我下意識低頭說出「啊，早安」。老頭卻只用陰險的目光瞥了我一眼，連招呼都沒打，就走向玄關旁的垃圾放置處。

今天是廚餘回收日，也有很多不守規矩的人晚上才出來倒垃圾，而且還沒有分類。現在也堆了好幾個用超商塑膠袋打包的垃圾。

老頭把垃圾一個個撿起來，打開袋子整理裡面的東西。這麼說來，上禮拜入口大廳就已經有「垃圾分類人人有責」的貼紙了。

這老頭居然會做到這種程度啊——

我十分驚訝，覺得有些毛骨悚然，準備離開現場時，老頭竟然「喂」的一聲把我叫住。居然沒頭沒尾就衝著我喊出「喂」喔，「喂」——如果我是理智斷線的國中生，搞不好真的會拿刀攻擊他。

「幹嘛？」

「那個垃圾是你丟的嗎？」

「胡、胡說什麼啊，不是啦，我剛上完大夜班回來耶。」

「……是嗎？那就好。」

好個屁啊。

我氣呼呼地瞪著老頭的背影。

老頭繼續檢查垃圾，並朝我問道：「還有什麼事嗎？我這邊已經沒問題了，你可以走了。」

這種說法又讓我怒火中燒。

我想起高中時被生涯輔導老師叫進教職員辦公室的事。看到我不上大學也不想就業，老師想逼問出我的想法。當我回答：「呃，反正，人生隨便過過就好啦。」老師就長嘆一口氣，像是在驅趕蒼蠅般揮揮手說：「算了算了，你回去吧。」

「那個……」我態度強硬地說：「可以聽我說幾句嗎？」

老頭將打開的袋口重新綁好後說：「怎樣？」

「那個，該怎麼說，這是租賃公寓，我們也是有繳房租的吧，那就表示我們是客人啊。」

「所以呢？」

「呃，所以，那個，你那種不把客人當一回事的態度，是不是不太好啊？」

老頭轉頭看向我。

他臉上沒有一絲憤怒，但還是平常那種冷漠的樣子，所以沒辦法從表情猜到他在想什麼。

「不爽就滾出去。」

老頭扔下這句話。

明明是超讓人火大的台詞，老頭瘦小的身體卻散發出莫名驚人的魄力與氣勢。

「呃，那個……我也沒有多不爽啦……」

老頭只是「哦～」地輕輕點頭，就將檢查完的垃圾袋收集在一塊，直接用雙手提回公寓。

他在幹嘛啊，是翻垃圾的跟蹤狂嗎？

我急忙追上老頭。

「你要把垃圾帶去哪裡啊？」

「我會保管到六點。」

「為什麼？」

「這還用問嗎？垃圾就是早上六點以後才能丟啊。」

「你說保管……是借放在房東家裡嗎？」

「不然要放哪裡？」

老頭答得有些厭煩，並走上入口的階梯。

跟剛剛相比，他的背影多了幾分人情味。

沒想到他還滿通情理的嘛——

「那個……」

我又把老頭叫住。

老頭一副「煩不煩啊」的表情轉頭看我，我繼續說道：

「之前我不是跟你打聽過租借貓的事嗎？」

「啊啊……」

「你為什麼都要借那隻貓？」

「沒什麼，就是各有所好啊。」

「因為那隻貓很討人厭嗎？」

我下定決心問出這句話。跟你一樣——雖然沒說這麼狠就是了。

老頭目不轉睛地盯著我看。

4

老頭只說「跟我來」，沒等我回答就逕自走了出去。這種命令口吻讓我有些惱怒，但迫於無奈，我也只能乖乖跟上。

老頭的家在一樓的最尾端。打開房門後，老頭再次用命令語氣說：「進來。」我走進房間。

看起來比我家還要寬敞，放置的家具卻遠比我少得多。在毫無裝飾的簡陋房間角落有個佛壇，應該是老頭的家人吧……那還用說。我受好奇心驅使想看看佛壇裡面，老頭將垃圾場撿回來的那些非法棄置（這樣說太誇張了嗎？）垃圾袋放在廚房地板後說：「你可以上個香。」

「要怎麼做啊？」

「搞什麼，你沒上過香嗎？」

「呃……」

更進一步地說，我只有在電視劇裡看過佛壇，這是我第一次看到真正的佛壇。

老頭用厭煩的語氣說：「真受不了現在的年輕人……」並代替我站在佛壇前，點燃蠟燭和線香後，「鏘」地敲了一下鐘。

我在合掌祭拜的老頭身後，也合起雙掌做做樣子，並觀察佛壇的照片。

那張照片——是五個人的合影。

是一對年輕夫妻和兩位幼童。

還有老頭……老頭？

老頭合掌祭拜完後，我忍不住指著照片問：「這樣好嗎？」

「什麼？」

「呃，因為……房東又還沒死，把照片放在佛壇上不太好吧？」

老頭默默地看著我，臉上寫滿了無奈，彷彿在說「你只會問這種問題嗎」。

因為老年人搞不懂年輕人的扭曲心理，所以才麻煩。

我——當然也知道啊。

就是知道才問的嘛，白癡。

欸欸，這個看起來很幸福的家族，大家都死翹翹了嗎？

我只能用這種小孩的語氣來問啊。

老頭沒回答我的問題，只是坐在茶几前，把我留在佛壇前面。他把視線移開後，我心情才舒緩了些。照片中的幼童都是女孩子，姊姊大概小學一年級？妹妹看不出上幼稚園了沒有。

「房東……是因為事故嗎？」

我的嗓音變得低沉且陰鬱，我從來不知道自己會發出這種聲音。

老頭卻用遠比我低沉和陰鬱的聲音說：

「火災。」

「……真假？」

「就是蓋這棟公寓之前的家。」

原本是將兩間獨棟平房連通的二世代住宅，起火點是兒子一家人居住的家。當時正值深夜，而且風勢強勁，從兒子家廚房竄出的火舌立刻就包圍了整個家。

將老頭低聲訴說的話統整後，竟然有種《Project X》的節目旁白感。

不要嚴肅，我是那種很怕嚴肅場面的人——此時我才發現這一點，在過往人生中很多事都是這樣。

老頭順利逃到外頭。

兒子全家人也都逃出來了。

那就沒死啊……我還來不及吐槽，目光就被照片中的姊姊吸了過去。

姊姊雙手捧著一個淡褐色的東西，體積非常小，我原以為是麂皮包包之類的東西。

但那竟然是——跟悅子撿回來的喬米一樣小的小貓。

老頭似乎明白我在看些什麼，繼續說道：

「貓來不及逃。」

姊姊跑回化為火海的家中，妹妹也跟著衝進去，媽媽發出哀號追上兩人，爸爸也追在三人身後……然後……

宛如「週二懸疑劇場」那種從高處墜落的尖叫聲，響徹了火災現場。

對不起。

我真的不敢面對嚴肅場面。

現在也很討厭害怕嚴肅的自己。

「……所以你才開始討厭貓嗎？」

「貓會破壞房間。」

「不是這個問題吧。」

「半夜亂叫會吵到鄰居。」

「……算了，隨便。」

老頭跟我是完全相反的類型。

但本質上或許意外相似。

「明明討厭貓，卻用貓來找出別人偷養的貓，不是很奇怪嗎？」

老頭沒有回答。

「為什麼每次都用那隻貓？」

結果問題還是回到原點。

「非得用那隻貓才行嗎？」

老頭依舊沉默。

真受不了這個臭老頭，我已經懶得理他想回家了。當我最後又看了佛壇的照片一眼，才忽然想到有件事忘了問。

「對了，結果那隻小貓也一起被燒死了嗎？」

老頭才終於開口。

「牠跑了。」

「啥？」

「牠自己逃出去……隔天早上就回來了……」

「什麼鬼啊！真的假的！」

我都想掐住那隻貓的脖子說「給我等一下」了。想對牠破口大罵「你把全家人都害死了」。

「……後來你怎麼處理？」

「怎麼處理？」

「我是說，你有把那隻蠢貓處理掉嗎？」

「別說這種話。」——老頭訓了我一頓。「那可是我孫女最愛的貓。」

「……你還繼續養嗎？」

「只養了一陣子，但看到牠的臉還是會想到兒子跟孫女，所以才寄養在朋友那裡。」

「然後呢？」

「牠偶爾會回來。」

「啥？」

「我猜牠可能想見見孫女，所以每個月會讓牠回來一次。」

哦——？

所以說——？

那隻又蠢又可惡的貓阿雜——？

就是我想的那樣吧——？

對吧——？

沒、錯、吧——？

腦中沒有出現平常那種不協調的刺耳聲。

孤零零坐在茶几前的老頭背影卻忽然縮小了。

聽完我的報告後，悅子用力點點頭表示：「原來是這樣。」

「跟妳又沒關係，妳認同什麼啊？」

「如果阿雜本來就是房東家養的貓，很多事情就說得通啦。」

「是嗎？」

「對阿雜來說，那裡是牠的家嘛，假如有其他貓住在那裡，牠當然會叫啊。對吧？因為地盤被侵犯了嘛。」

「嗯，是也沒錯。」

「還有，牠會一直頂撞小拓，也是因為小拓身上沾染了家的氣味吧？」

「感覺很酷耶，好像片平渚或真野梓。」

那我是船越英一郎嗎——我忍不住吐槽❷。

❷三位都是週二懸疑劇場的知名演員。

「是是是，金促咪，金促咪。」悅子用超爛的關西腔隨口敷衍後，立刻變回嚴肅的表情。

「我好像能理解阿雜的脾氣為何會變得那麼暴躁。小貓時期就遭遇那種事，果然在各方面都會受到影響吧。」

「只不過是貓而已，還有心靈創傷喔！」

悅子無言地拍了我的頭。

為什麼我總會像這樣馬上開玩笑呢？為什麼老是逃避嚴肅場面呢？

悅子不想理我，轉頭看向在房間角落陪喬米玩的阿雜。

「……阿雜看到喬米之後，可能想起了小時候的自己吧。」

她輕聲呢喃。

阿雜待了三天兩夜，只在我身上留下無數爪痕，但總算是平安結束了。

「這樣就沒問題了吧？阿雜聞到喬米的味道也不會叫了吧？」

悅子一臉安心，馬上就開始計畫要帶著喬米搬到我家了。

「那我把阿雜還回去。」

「也對，拜託你了。」

我把阿雜放進貓籠時，手背又被牠抓傷，但一想到牠經歷過這麼辛苦的遭遇，就沒有當初那麼生氣了。

我將貓籠蓋子蓋上。

就在此時。

喬米叫了。牠用極其微弱的聲音叫著「咪嗚～咪嗚～咿嗚～咿嗚～」，似乎是捨不得和阿雜分開。

我和悅子面面相覷。

「……欸，我雖然對貓一竅不通，但喬米是不是也會記得阿雜的味道？」

「應該……會記得吧。」

「那下次聞到這個味道時，妳覺得會發生什麼事？」

「會像現在這樣……叫出聲吧。」

我們異口同聲地說：

「那不就慘了嗎！」

只是無論如何，都已經無法回頭了。

「等被房東發現之後再來煩惱吧。別擔心，別擔心。」

悅子這麼說不是為了我，而是在為自己打氣。

「而且喬米可能不會叫啊。嗯，我覺得牠不會叫，不會叫的，別擔心，牠不會叫。」

我也說得斬釘截鐵。

我們應該都是超級樂天派，是正常大人看了都會氣瘋的程度。

但相比之下，我還是太過天真了——我還是有自知之明。

就這樣，悅子和喬米開始在我家生活了。

然後。

到了禮拜六。

是房東老頭租借阿雜的日子——也就是阿雜的返鄉日。

我們在房裡屏氣凝神，準備撐過老頭的寵物檢查。喬米的狀態也不錯，午餐吃得飽飽的，還開始打盹。

這樣或許能勉強過關。

此時走廊上傳來腳步聲，緩慢又沒有節奏感的腳步聲——從這裡就能區分出年輕人和老年人的差異。

要來了、要來了、要來了……來了。

腳步聲停了下來。

阿雜沒有叫。

當我慶幸地擺出勝利手勢的瞬間——

咪嗚～

喬米叫了。

我喊了一聲「笨蛋！」，急忙將浴巾蓋在喬米身上。

悅子也不停撫摸喬米的背部安撫。

喬米卻還是不停喊著「咪嗚～咪嗚～咪嗚嗚嗚嗚～」。
叫聲聽起來好悲傷。
就像被拋棄的小貓在尋求冷漠的年長朋友。
牠叫個不停。
還從浴巾底下鑽出來，飛也似地衝向玄關。
牠叫個不停。
咪嗚、咪咕、咿嗚、咿嗚、咿嗚、咿嗚……
甚至用貓爪撓刮玄關門。
阿雜沒有回應，不知是知道我們的狀況，或者只是愛理不理而已，總之牠沒有叫。
啾嗚、啾嗚、咕嗚、咕嗚嗚嗚嗚、嘎唔、呼嘎呼嘎呼嘎……
喬米的叫聲越來越嘶啞，像是要用身體撞擊般緊貼在門上，一直叫個不停。
悅子站起身。
她用「沒辦法了」的眼神看著我，帶著落寞的笑容走向玄關。
悅子打開門。

老頭抱著阿雜站在門前。

因為逆光的關係，待在房內的我看不清老頭的表情。

可是老頭默默將阿雜放在走廊上，喬米立刻開心地黏在阿雜身邊。阿雜還是沒有叫，就算被喬米爬到背上，鑽到肚子底下，還是跟平常一樣神情冷漠，不知道在看哪裡。

我攔住悅子，來到走廊上直接面對老頭。

「……對不起，我養貓了。」

我低頭道歉。

我已經做好覺悟。我知道自己必須做好覺悟，而且說也奇怪，明白自己要做好覺悟的這份心情，竟讓我有些開心。

老頭目不轉睛地瞪著我，隨後又瞥了悅子一眼，最後又看向腳邊的阿雜和喬米。

「我傍晚再來接牠。」——老頭用低沉的嗓音這麼說。

「接牠？」

「讓這隻貓留在這裡玩一會。」

我傻在原地，悅子則代替我說：「非常感謝！」向老頭致上最深的謝意。

「還有……那個……養貓的事……」

我心中頓時湧現美好的期待，老頭卻用「不准養」這三個字打斷了我的期盼。

「……我想也是。」

「滾出去。」

我默默咬緊嘴唇。

老頭繼續說道：

「等你能獨當一面，好好工作存夠錢之後，就給我滾出去。」

說完，他就走開了。

我知道喊他也不會回頭，所以沉默地目送老頭離開。

老頭踏著緩慢的步伐。

他的背影看起來時大時小，又變大又縮小……我現在應該在哭吧……

踏上旅途的毛毯貓

1

小虎從一開始就有不祥的預感。從事租借貓工作六年後，這方面的直覺也會變得敏銳許多。

從鐵籠被移到貓籠，連同貓籠被放到櫃檯，隨後蓋子緩緩打開，跟三天兩夜的飼主面對面——那一瞬間，小虎就知道大事不妙。

是一位全身都是香水味的大姊，留著長指甲的手指上還戴著大大的戒指。

「美短是這樣的嗎？」

大姊的聲音流露出幾分失望。

牠猜得沒錯。

小虎也知道自己的毛色是棕虎紋。世人對美國短毛貓的普遍認知是銀虎紋——黑色斑紋會清楚浮現在銀色底色上，跟那些夥伴相比，自己的形象比較不起眼。這或許也是自己被放在店頭販售時，錯過賣出好時機的原因。

可是小虎非常適合當毛毯貓。
人類也不過如此而已嘛——
牠從小就這麼想，頭腦很聰明，個性冷澈又清醒。拜此所賜，牠不會對三天兩夜的飼主有所留戀，也不會感到寂寞。牠也知道人類喜歡什麼樣的動作和叫聲，能認清這是工作需要，懂得如何討好撒嬌。
不熟悉租借貓工作的同伴總是勸牠：不要太認真喔。
真要說的話，這份工作只是「家家酒」。客人能在短短三天內享受到家裡有貓的生活，牠也能在短短幾天享受家貓的愜意生活，僅此而已。環境變化當然會帶來壓力，碰到不正經的客人也會辛苦一些，但真要奢望起來只會沒完沒了。在寵物店賣不出去的寵物末路……雖然沒有人公開談論這件事，小虎也能隱約猜出結果。
我們運氣已經很好了——
只要把這份幸運當成幸福就好。完成被交付的工作，確保食物及安睡的地方，這樣就好，這樣就夠了，別奢望太多。無論是對人類，還是對配合人類到處旅行的自己。

「沒有其他顏色嗎？」

大姊大聲嚼著口香糖這麼說。上個月才有同伴誤食口香糖殘渣，導致便便塞滿肚子吃盡苦頭。

這位大姊是個不合格的飼主，感覺會用亂七八糟的方式來養牠。比如把牛奶淋在貓咪乾糧上，帶牠去最討厭的浴室洗澡，之後還會把吹風機拿得超近，讓熱風直吹牠的身體……

店裡是有銀虎斑的同伴，但牠從上週就有點感冒，身體不太好。情況允許的話，店長也不想把牠借出去，碰到這種客人可能也會出事。如果客人重新考慮，害那個生病的同伴被帶走的話，還不如趕快讓事情定案。

小虎無奈地抬起頭看著大姊。現在正好有大姊的身體擋住，沒有陽光干擾。畢竟小虎很清楚，比起在光線照射下變得細長的瞳孔，在昏暗處的圓形瞳孔更受人類喜愛。

牠舉起尾巴，用身體對大姊蹭了蹭，並試著發出「喵呀～」的微弱叫聲。

「唉呀，牠湊過來了呢。」

大姊開心地笑了。

店長立刻回答：「牠很黏人的。」大姊也點頭如搗蒜地說：「我懂我懂～」

「既然牠這麼黏您，那就……」

店長臉上帶著幾分憂心，但小虎為了保險起見又叫了一聲後，店長才收下租借申請書說：「那就麻煩您了。」

小虎不著痕跡地躲開大姊想抱起牠的手，自己走回貓籠裡。

「天吶～牠自己走進去了耶，救命啊～！」

「這孩子很聰明的。」

沒錯，在毛毯貓當中，小虎也算是頂尖優秀的貓。

所以牠有時候真的會懷疑。

儘管牠表現得冷酷又精明，偶爾還是會有些消沉地嘀咕著：

我出生在這世上的目的是什麼？

這不是經過大腦組織後才浮現的疑問，而是從更深沉的地方，不知是心靈還是體內，總之都會有個聲音從自己最、最、最深處的地方傳來。

這樣好嗎？

這樣下去真的好嗎？

不屬於任何人的嗓音，又會說出這樣的話。

別忘了。

別忘了你的職責。

所謂的職責，並不是用清醒的態度對三天兩夜的飼主撒嬌，這一點小虎也十分清楚。

貓的六歲相當於人類的四十歲，已屆中年不再年輕，也是來到人生的折返點，開始會回顧自我歷程的年紀。

很少人能坦然地說「嗯，這樣很好！」就抬頭挺胸地向前邁進，大部分都是唉聲嘆氣地拖著無力步伐往前走，還有人會垂頭喪氣地看著身後，再也沒有力氣踏出下一步。這就是中年危機，Midlife Crisis。

小虎似乎也漸漸得了這種病。

離開寵物店後，大姊把貓籠放在副駕駛座就開車了。貓籠其實有附帶可以穿過安全帶的扣環，但大姊自己開車也沒繫安全帶，壓根不會找出這個裝置。

又晃又震，車內音響的重低音也讓貓籠為之震動。可能是因為車窗開了一道小縫，轟隆隆的風切聲如狂風般在貓籠內肆意喧囂。

小虎用臉頰磨蹭毛毯，閉上雙眼拚命忍耐。毛毯貓最重要的資質就是耐力和健壯程度，這兩點小虎都很優秀。只要告訴自己「這是工作」，只要問題不大牠都能忍。不論寒冷炎熱，牠都是快食、快便、快眠，從來沒有生過病，傷勢也恢復得很快，年輕時還超會打架。

「你啊，只在租借時才被疼愛，實在太可惜了。」

店長偶爾會這麼說。

每次聽到這句話，小虎都會帶著苦笑心想：貓被疼愛不是很正常的嗎？被客人疼愛就是我們的工作——除此之外還有其他意義嗎？

可是小虎最近會開始思考。

在自己最、最、最、最深沉的地方，最近會慢慢浮現出好遠、好遠、好遠，遙不可及的記憶。

記憶中的牠搖來晃去，就像現在這樣。不對，似乎更激烈，晃到沒辦法折手手坐的程度。

那裡又暗又臭，瀰漫著鐵鏽味、霉味和塵埃的氣味……還有一種聞起來又鹹又苦，那到底是什麼味道呢……

牠知道那味道很危險，要是被那種味道包圍就糟了。但神奇的是，那個味道竟讓牠有些懷念。

車子開上陡坡，來到山坡頂端緩緩降速後，又發出「嘰」的一聲忽然加速。是高速公路。因為加速的後座力被擠到貓籠角落的小虎，煩躁地嘆了口氣。蓋上貓籠蓋的話，移動時間不能超過三十分鐘，若需要更長時間，就必須每隔三十分鐘休息五分鐘，也盡量不要開上高速公路，會對貓的身體造成負擔。店長交代的這些注意事項，這位大姊似乎都沒打算遵守。

小虎鑽進毛毯再度閉上眼睛，這種時候最好的方法就是睡一覺。跟精力過剩的年輕時期相比，現在昏睡的時間越來越長，往後隨著年紀增長，打盹的時間應該會變得更長。

這樣也好，比起熟睡，淺眠更適合自己。這也是變成中年貓咪後才發現的現象。牠覺得不該在暖呼呼的貓窩裡睡懶覺，必須將神經繃緊一點，感受到一點點聲響或氣息就要立起鬍鬚。小虎最近總會這麼想，也想用「我現在這樣太頹廢了」這種話激勵自己。

沒錯，那才是真正的你——

牠又聽見聲音了。

你忘了嗎——？

迴盪在內心深處的聲音，似乎在責備自己。

可是真正的自己，到底是什麼模樣呢……

隨著輪胎摩擦的刺耳聲，車子粗暴地變換車道，又大幅度轉了個彎。

這陣晃動讓貓籠蓋子頓時掀開，這位散漫的大姊甚至忘了要把貓籠蓋子鎖上。

蓋子馬上又關起來了，但風隨著耀眼的午後陽光一起飄了進來。

小虎聞到氣味。

是那股懷念卻想不起來的氣味。

車子停了下來，將車子熄火的大姊說：「啊～口好渴喔。」就獨自下車。

寵物店交付的租借套組中明明有貓糧和貓砂盆，大姊卻壓根沒看後車廂就下車走遠了。

唉呀唉呀，真受不了，唉呀唉呀。再這樣搞下去，可能要變成玩命任務了。小虎用自己的頭把蓋子頂開，起初只探出一張臉，確定沒問題之後，才靈巧地從貓籠鑽出來。牠伸個懶腰用舌頭理理毛——結果那個味道又竄入鼻腔。

小虎看向窗外，這才恍然大悟。

是海。車子停在延伸至海面的海岬停車場，懷念的味道就是海潮氣味。

年輕時牠經常被客人帶著到處跑，但最近很久沒去了。以前應該也聞過同樣的味道，牠卻忘得一乾二淨。不對，當時並沒有懷念的感覺，這也不是會停留在記憶某處的氣味。就像毛毯貓的每一天都過得閒適悠哉，海潮氣味應該也只會在小虎鼻尖流逝而過。

但現在不一樣。小虎像是被牽引般走到駕駛座，將鼻子湊近開了一道小縫的車窗，深呼吸後，海潮氣味就從鼻腔深處流入胸腔。

沒錯——

牠聽見那個聲音。

我們經歷了遠渡重洋的漫長旅途，別忘了，我們曾守護那些渡海的旅人。快想起來吧，我們曾在荒野中向西行，陪在年幼旅人身邊，翻過岩山，橫渡河川，在沙塵暴中挺進，還在湖畔過夜。

你，是我們的末裔——

小虎的心臟跳得飛快，感到坐立難安。這跟年輕時熱愛冒險和惡作劇的激動心情有點像，卻又不是那麼一回事。當時只要踏出一步就能邁向嶄新的世界，但現在應該恰恰相反。牠必須前往以前的所在處——自己真正的歸屬之地。

大姊拿著果汁回來了。小虎躲在駕駛座座椅下，車門打開後，更加濃郁的海潮氣味就籠罩牠的全身。

小虎飛奔而出。

「等一下！真是的！現在是怎樣啦！」

小虎將大姊的哀號拋諸腦後，一溜煙跑走了。

中年的毛毯貓，踏上了探尋真實自我的旅程。

2

離開大姊的車好一段距離後，小虎才停下腳步，用鼻子嗅聞並張望四周，眼神就停留在司機正好坐進駕駛座的一台小貨車。車斗不是貨櫃型，是用帆布鋪設的那種，此時後方的柵欄也正好開著。

小虎跳上發動引擎後微微震動的貨車，但牠沒有一次就跳上去，跟年輕的時候差多了。牠抓住車牌正上方的階梯，將身體往上扭才總算攀到車斗上，貨車馬上就開出去了。

由於有帆布遮擋，車斗一片昏暗，堆積的貨物全都是紙箱。感覺並沒有塞得很滿，還能找到幾個藏身的空間。

等到貨車跟高速公路主線匯流，車速漸趨穩定後，小虎才往車斗後方走去，卻發現紙箱縫隙間忽然閃過微弱光線。

牠疑惑地停下腳步，屏住氣息觀察狀況。光線來自紙箱牆的後方。原以為連車斗後面都堆滿了箱子，但紙箱牆後方似乎是空的。

小虎用力壓低身子，緩緩往後方前進，鬍鬚全都挺起，尾巴也蓬了起來。這是久未體驗過的緊張感，不對，這份懷念感是源自比小虎自身記憶還要深的地方。是在小虎尚未出生的——好久好久以前……

快要撞上紙箱前，牠發現有個能轉彎的寬敞空隙。那不是堆紙箱時偶然形成，是刻意留來當成通道的。

儘管疑惑，小虎還是將身體壓得更低，用匍匐前進的姿勢在通道上前進。堆積的紙箱縫隙間不時有光芒閃現，以照明來說位置過低，亮度也不夠，晃動頻率跟貨車震動也不同步，看起來很虛弱。

小虎穿過通道。

鬍鬚比眼睛早一步感受到「前方很寬廣」的感覺。

下一瞬間，光線忽然正對著小虎。小虎被刺眼光線嚇得往後退，隨後就聽見人類的聲音。

「有小貓！」

是小女孩的聲音。

小虎急忙在通道折返，鑽進人類無法進入的狹小縫隙。

「哥哥，有小貓耶！剛剛有小貓！」

「噓！妳太大聲了，惠美。」

這次是男孩的聲音——

「可是真的有小貓啊……」

「我知道，我也看到了。」

「怎麼會有小貓呢？」

「我哪知道。」

「是剛剛停車的時候跑上來的嗎？」

「就說不知道了。」

女孩——惠美的聲音就像在公園玩耍般活力充沛，男孩的聲音卻有些粗魯。

女孩晃了晃手上的手電筒，還「喵啊～喵啊～」地學貓叫聲呼喚小虎。「小貓，你在哪裡？躲到哪裡去了？喵啊～喵啊～快出來嘛～喵啊～」

啊，她是個好孩子，小虎看得出來，畢竟這麼多年的租借貓可不是白當的。正因為被迫聽過那麼多學貓叫的聲音，牠才能馬上聽出叫聲是不是故意裝的。

沒問題，這個聲音是真心的，是真的想跟貓做朋友的聲音。從口齒不清的說話方式來看，女孩大概是小學一年級……或者更小吧。

「惠美，我不是說妳太大聲了嗎！」

「因為……」

「要是被發現怎麼辦！哥哥不管妳喔！」

哥哥從剛才就老是在發脾氣，感覺是小學五六年級吧。

小虎驚訝地心想：明明是哥哥的嗓門比較大啊，所以才說人類很蠢嘛。不禁露出一抹苦笑。

可是小虎也知道，哥哥的聲音裡不是只有怒氣而已，那是背負責任的領導者的聲音，嗓音中也透露出「我必須保護妹妹」的壓力。

神奇的是，妹妹的天真嗓音和哥哥的緊張嗓音——竟讓牠無比懷念。

小虎將堆疊紙箱的錯位處當成階梯，爬到紙箱牆頂端偷偷觀察，發現兄妹所在的紙箱牆後方是個寬敞的空間，足夠讓兩個孩子躺下。

角落還放著兩個後背包，彷彿互相依偎。

你，是我們的末裔——

我們曾陪伴在旅人身邊——

牠又聽見平常那個聲音。

快想起來吧——

小虎飛向空中，從牆頂跳到地上。與其說是自我意志使然，更像是被體內傳來的聲音所牽引。

動作已經不如年輕時那樣輕巧，最近牠也會盡量避免從貓跳台頂端往下跳，但小虎還是跳了。牠在空中翻了個身，緩衝力已經大不如前的肉球也努力減緩落地時的衝擊，撐住牠的身體。

「嗚哇啊！哥哥！快看！小貓、小貓回來了！」

惠美發出歡呼。

小虎也露出「欸嘿」的羞赧笑容。

仔細想想，牠也很久沒有體會到被某人稱讚後的害羞感覺了。

惠美摸著小虎的背。可能是沒養過貓吧，惠美的動作十分小心翼翼，但像歌唱般不斷哼著「小貓～小貓～」的嗓音真的好柔好暖，就像跟兒時玩伴的朋友重逢似的。

或許很寂寞吧。

或許一直很不安吧。

小虎也知道他們不是在玩躲貓貓。

大概是離家出走吧。

可是——為什麼？

小虎輕輕「喵」了一聲，離開惠美身邊，走向背靠紙箱牆坐著的哥哥，用臉頰輕蹭他的腳踝。他穿著短褲、襪子和帆布鞋，就像在自家附近玩耍一樣輕便，還帶著些許肥皂香氣，表示他們離家出走的時間並不長。

哥哥看了小虎一眼，冷冷地說：「走開啦。」連摸也不摸牠，反而喀哩喀哩地咬起指甲，似乎靜不下來。

背包上有名牌，上面寫著ＳＡＴＯＲＵ——是小智啊。

小智一直盯著手電筒光線照不到的暗處，似乎在思考什麼，蒙上陰影的側臉透露出幾分不安與後悔。

「……走開啦，很礙事耶。」

小智把腳移開，轉身背對小虎和惠美。

但小虎依舊待在小智腳邊。牠不是自願這麼做，只是自然而然，彷彿一切合情合理。為什麼呢？牠也不明白。明明是自己的身體和心靈，卻又不像自己的。

「哥哥，這隻小貓是什麼品種？」

被惠美這麼一問，小智又看了小虎一眼才說：「是美短，美國短毛貓。」

「是美國的貓嗎？」

「原本是啦。」

小虎佩服地心想：還真了解。明明是不起眼的棕虎紋，他卻能馬上知道是什麼品種，說不定小智比想像中還要愛貓。

「啊，但原本的產地不是美國喔。」

小智這麼說。

「是嗎？」——不只是惠美，如果小虎會說人話，應該也會這麼說吧。

「最一開始是在英國。」

小虎從來不知道這件事。在寵物店擔任配種貓，長著一張福態老大臉的邱吉爾，印象中好像是英國短毛貓。那小子成天發揮用不完的精力，換了好幾個蘇格蘭摺耳貓老婆，我跟他居然是同鄉嗎——？

「明明是英國，為什麼叫美國短毛貓？」

小智對滿臉疑惑的惠美說：「美國這個國家是英國人建立的。他們坐船橫越大西洋這片很～大很大的海，移民到美國去。」

「是喔？」

小虎也跟惠美同時發出「喵」的一聲。

「當時從英國一起帶過去的貓，就是美短的祖先。」

「牠們是寵物嗎？」

「更像是夥伴吧。牠們會在船上捕鼠以保護食物，登上美洲大陸後，還會保護人類不受蛇或蜘蛛這種害蟲侵擾。」

「好厲害喔～！」

惠美驚訝地瞪大雙眼。

小虎的臉頰也蓬了起來。

這樣啊——牠終於明白了。那個懷念的味道就是大西洋的海潮氣味，從牠身心深處傳來的聲音，就是乘船橫渡大海的祖先。

沒錯——

牠聽見那個聲音。

我們是旅人身邊的貓，是隨著開拓先民披荊斬棘的貓。你那健壯的四肢、寬廣的下顎、粗壯的脖子、大大的頭顱、厚實的胸板，還有不畏一切的性格……都是在荒野中孕育，在荒蕪的開拓村莊小路上鍛鍊而來。

你，是我們的末裔——

「小貓好厲害喔。」

惠美蹲在小虎面前摸摸牠的背。

那裡也很舒服，但我更喜歡這裡喔——小虎將脖子伸長後，小智也終於撓起牠的下顎。

指法還真熟練，完全知道貓喜歡被摸的部位和方法。小智跟惠美不一樣，以前有養過貓吧，但他們是兄妹啊，為什麼——？

未知的謎團太多了。

但此刻下顎被小智輕撓，背部被惠美輕撫的小虎，還是閉上雙眼發出呼嚕聲。

「哥哥，小貓很開心呢。」

「嗯……」

「小貓好可愛喔。」

惠美開心地這麼說，小智卻默默把手從小虎身上抽離。

「怎麼了？」

「貓……一點都不可愛。」

小智將臉轉向一旁說：「下次休息的時候，我要把這傢伙丟掉。」

「咦~這樣太可憐了。」

「又沒差，反正是牠自己跑上來的。」

「可是……」

「我真的很討厭貓。超級任性，會到處亂抓跟惹事，還會掉毛，大便跟尿尿都超臭的，簡直爛到極點。」

雖然被罵得很難聽，但神奇的是，小虎一點也不生氣，因為牠完全能聽出小智藏在毒辣言論後的悲傷。

惠美用哀求的語氣說：「可是……不要丟掉這隻小貓好不好？」

「很礙事耶。」

「但還是不行。」

惠美的聲音在顫抖，摸著小虎背部的手也停了下來。

「這隻小貓……如果被丟掉的話，就會變得跟我們一樣……」

「不一樣！」

小智放聲大吼，轉身背對惠美朝暗處怒吼道：「根本不一樣！」

小虎心想：聲音聽起來好悲傷啊，小智和惠美兩個都是。

身為租借貓，小虎被無數家庭收養過，也見過很多他們這個年紀的小孩，卻從來沒見過用這麼傷心的聲音說話的孩子。

「是我們丟的。」

小智對著暗處這麼說，又用說服自己的語氣繼續說道：「是我跟惠美把那個人丟掉了。」

那個人——？

出現了聽不懂的字。

惠美再次撫摸小虎的背，用動作代替回答，小小的掌心一次又一次滑過小虎的背。

在漫長的沉默後，小智輕聲呢喃道：

「對不起……我不會把小貓丟掉。」

他把頭轉到旁邊，所以看不清他的表情。

可是小虎確實聽到他的聲音裡夾帶了淚水。

3

貨車在高速公路上繼續行駛。

小虎坐在惠美腿上，這可是工作時也很少提供的超級獎勵。

「這隻貓很親人耶。」

小智的冷漠態度也在慢慢融化。

「是不是被丟掉了呀？」

「是自己逃出來的。」

「是嗎？」

「嗯，一定是。因為這傢伙臉上完全看不出害怕和寂寞。」

觀察力還真敏銳啊。雖然對「這傢伙」的稱呼有點意見，但就當成讚美原諒他吧。

「美短個性很好強，也很堅強，是一個人也能好好活下去的貓。」

「那栗子呢？栗子是怎樣的貓？」

「栗子是雜種啦……牠有點愛撒嬌。」

「跟媽媽撒嬌嗎？」

「跟每個人。」

「牠也會對我撒嬌嗎？」

「嗯，會喔，牠會說：給我點心、給我點心。」

聽到小智有些滑稽的說法，惠美笑著說「討厭啦」，隨後又嘀咕道：「我也好想看看栗子喔……」

「沒辦法，哥哥出生的時候，牠就已經是老奶奶了。」

「如果媽媽再養一隻新的貓就好了。」

「媽媽說她還忘不了栗子，養別的貓也會難過。」

喔喔～原來如此，小虎點點頭，終於明白為何只有小智熟悉貓的生態。在惠美出生之前，有一隻名叫栗子的貓，當時一定全家人都很疼牠吧。

「媽媽現在也很難過嗎？」

「妳說栗子嗎？」

「不是……是哥哥跟我。她在那個家想到我們的時候，會不會難過呢？」

那個家——？

又聽不懂了。

小智沒回答。就算惠美又追問一次「你覺得會嗎？」，依然沉默不語。

「欸，哥哥……」

「惠美。」

「嗯？」

「來吃點心吧。」

小智將後背包拉到手邊，從裡面拿出餅乾。

惠美用愉悅的語氣問：「可以給小貓吃嗎？」媽媽的話題就被放在一旁——小虎心想：應該不是忘了，只是假裝忘了而已吧。證據就是，惠美接過餅乾時並沒有和小智眼神相會。

「來吃吧，小貓。」

惠美將餅乾放在掌心。

我平常，真的是，不會，做這種事喔，是特別破例，我說真的……小虎嘴上發著牢騷，卻還是將臉湊近掌心。但聽在惠美和小智耳中，小虎的抱怨就只是看到餅乾超開心的喵喵聲而已。

小虎用舌頭將餅乾舔進嘴裡，是小魚形狀的小餅乾。很鹹，沒什麼口感，將表面咬碎之後，裡面也沒有任何夾心。雖然有點掃興，但都湊到這裡了，就順便又往掌心舔了幾下。

「好癢喔～討厭，真是的～」

惠美連忙把手縮回笑著說，笑容看起來忽明忽暗。是手電筒在晃動——不對，不是晃動，是因為快沒電才開始閃爍。

「惠美，把電源關掉。」

「咦～不要，黑黑的很可怕。」

「沒辦法啊，晚上沒有手電筒就哪裡都去不了了。」

「不要不要不要，好可怕，超可怕，哥哥，我不要。」

「真受不了，乾電池居然是舊的喔。那個人真的很爛耶……」

那個人——？

跟剛才的「那個人」是同一個人嗎？

「不怕不怕，沒事喔，哥哥在這裡，我會牽著妳的手。」

小智說了聲「過來」就牽起惠美的手，拉得有些用力，害惠美失去平衡差點往旁邊倒。坐在她腿上的小虎也「喔唷唷」地急忙扭轉身子，免得從腿上掉下來。

為什麼呢？牠自己也不明白。趕快下來不就行了嗎？惠美的腿太小了，牠從剛剛就坐得很不舒服。

但牠腦中確實也瞬間閃過「絕對不能從這裡下來」的念頭，還發誓一定不會離開惠美身邊。

沒錯，這樣就對了——

牠聽到祖先的聲音。

陪在年幼的旅人身邊，好好守護他們，就是我們的職責。

小智把手電筒電源關掉了。

車斗變得一片漆黑，小虎能感受到惠美緊緊握著小智的手。

小虎緊盯著暗處。人類認定的黑暗，反而是貓主宰的世界。

牠挺起鬍鬚，豎直耳朵，尾巴也蓬了起來。

要是有可疑的人——

要是有人想危害小智和惠美——

就讓我來對付他。

小虎喉間發出「呼～」的一聲，全身變成炸毛狀態。

我的爪牙是為了戰鬥而存在。

我的勇氣是為了守護旅人而存在。

我是遠渡重洋，遠征荒野的貓之末裔……

原先惠美的腿僵硬到硬邦邦的，眼睛習慣黑暗之後，緊張感也緩解了些。

「沒想到還滿亮的。」

「對吧？」

小智有些自豪——又像是鬆了口氣般笑道：「我就說吧？」

其實外面的光線會從帆布透進來，兩人也能看得見紙箱牆的輪廓。對小虎來說，這種亮度沒有任何問題。別擔心，沒有可疑的氣息。

「好想養這隻小貓喔。」

惠美摸著小虎這麼說，這次不是摸背，是學哥哥那樣輕撓小虎的喉嚨下方。對對對，那邊，就是那邊——小虎也用呼嚕聲回應。

小智嘆了口氣說：「不行啦，那個人討厭貓啊。」又聽到——「那個人」這三個字了。

「有嗎？」

「……一定不喜歡啦。」

「可是之前看到電視廣告裡的小貓，新媽媽有說『好可愛～』耶。」

新媽媽——？

「我不是說不要那樣叫她了嗎？」

小智的聲音變得有些憤怒。

「……對不起……應該叫、媽媽吧？」

「不是啦！」

小智怒吼一聲，煩躁地咂著舌說道：「媽媽只有一個啦。」

「可是……不叫她媽媽的話，會被爸爸罵啊……」

「無所謂，我們沒有那種媽媽，那個人是冒牌貨。」

小智語速飛快地繼續說道：

「我說得沒錯吧，生下哥哥跟惠美的是媽媽啊，又不是那個人，所以那個人怎麼可能代替媽媽。」

原來如此。

簡單來說就是——

小虎趁惠美停手的空檔輕輕從她腿上跳下來，迅速爬上紙箱牆，爬到頂端後又緩緩理了理毛。要梳理狀況好好思考時，就必須到高處才行。

牠隱約能猜到小智口中的「那個人」是誰，也大概明白兩人搭上貨車車斗的理由。

小虎心想：人類的心靈未免也太纖細了。在貓的世界中，確實有不管幾歲都戒不掉吸毛毯習慣的貓，有些貓還會摸年長貓的肚子想要找奶吃，但牠覺得這跟人類對「媽媽」的執著不太一樣。

小虎早就不記得生下自己的媽媽了，應該還有幾隻兄弟姊妹，但也早就忘了。從配種的貓舍來到寵物店，是出生後三個月左右的事，寵物店的店長和員工雖然在各方面都很照顧牠，卻跟「媽媽」不一樣。完全賣不出去的小虎，以租借貓的名義留在店裡，帶著毛毯經歷了無數次三天兩夜的旅程……牠不想用「媽媽」稱呼那些現在連長相和味道都不記得的客人，過去不曾，往後也不願意。

欸，小智。

聽我說喔，惠美。

如果小虎會說人話，牠想告訴他們一件事。

每個人都是獨立的個體，要一個人活下去。如果人生是一段漫長的旅程，那肯定是一趟獨旅。朋友、夫妻、親子，總有一天都會離散。所以不管「媽媽」是真是假，是新是舊，根本都無所謂。沒錯，就連從剛才就一直牽著手的你們，未來也會面臨分別的時刻……

奇怪？

小虎眨眨眼。

牠急忙梳理前腳的毛，試圖恢復平靜。

怎麼了？

怎麼回事？

牠忽然悲從中來。胸口熱呼呼的，好像被緊箍一樣隱隱作痛，耳朵也下垂。

就在此時。

貨車忽然減速。還來不及想「怎麼了？」，貨車就轉了個大彎停下來。

然後又立刻前進。

「下高速公路了……」

小智這麼說。

「到了嗎？到媽媽家了嗎？」

小智沒回答惠美的疑問，並打開手電筒。

「惠美，把包包揹起來。」

「咦？」

「停紅燈的時候……就要下車了。」

小智也立刻半蹲著身子，揹起自己的後背包。

小智從車斗邊偷偷掀開帆布往外看。

「你在看什麼？這裡是哪裡？」

惠美在小智身後窺看，小虎也在她腳邊。不是因為小智說「帶貓一起走」，是因為小虎自己也不知道接下來該做什麼。

可是，看到小智掀起帆布時映入眼簾的那片風景，小虎心想：

啊啊，就是這個——

是填海地。這片還沒被打造成「城鎮」的荒野土地，沐浴在午後斜陽下，只有零星的材料放置場和倉庫，剩下的地方在貓咪的眼裡看來，就只是雜草叢生的空地而已。

我們好久以前就是在這種風景中旅行——

腦海中自然浮現出「我們」這個詞，而不是「我」。
我們總是陪在遠征荒野的旅人身邊——
此時聽見的不是平常那種不屬於任何人的聲音，是小虎自己的聲音。
貨車停下來了。
「紅燈了嗎？」
惠美才剛問出口，小智就將手指豎在嘴前「噓！」了一聲，並彎下身子屏住呼吸。
不是停紅燈。從駕駛座下車的司機說著：「唔～尿急尿急。」就站在路邊將工作褲的拉鍊往下拉。
小智轉頭看向惠美。
「下車。」
「在這裡嗎？」
「萬一開進城裡，下車時可能會被別人發現吧。」
「可是……」

「別擔心，來，哥哥先下車。」

小智靈活地用手腳攀住車斗後方跳下地面，身手十分矯健。邊吹口哨邊小便的司機沒有發現，也要感謝把帆布吹得啪噠啪噠響的強風。

「好了。來，惠美，下車吧。」

「我會怕……」

「沒事啦，哥哥會從下面接住妳。」

小智說：「來，加油。」並展開雙臂做出要抱住惠美的姿勢。

可是惠美才剛把一隻腳跨下車斗，就嚇得縮起身子不敢動。小智用全身動作催她「快點、快點！」，惠美還是說：「不行不行，我不行啦～」急得快哭出來了。

司機的口哨聲停了，他尿完了。

沒時間了。

小智表情扭曲地示意「快快快！」。哥哥在這裡，不用擔心，直接跳下來！

小虎用後腳站立，伸長背脊，抓了抓惠美背上的背包。

惠美轉過頭來，小虎就跳上背包緊緊抓住。

見狀，小智就用身體動作示意「把背包丟下來」。只要先把背包放下，身體就能變輕一些。

惠美也恍然大悟心想「啊，對喔！」並將背包放下，沒想到是小虎咬住背帶將背包叼起。這點重量不算什麼，要比咬合力的話，我不會輸給任何貓咪。我的祖先可是連野鼠和野兔都能獵捕，還會把獵物叼著帶回去。

小虎將前腳攀在車斗邊緣，將咬在嘴裡的背包放在小智手上，接得好。小智雖然被小虎的行動嚇得說不出話，隨後也抱著接住的背包對牠笑了笑，彷彿在說「幹得好」。

陪在旅人身邊或許就是如此，小虎也很開心。不只是被人類疼愛的寵物，而是確實派上用場。牠是工作貓，是Working Cat，牠明白這才是真正的自己。離祖先的活躍時期雖然經歷了無比漫長的歲月，但體內流淌的美國短毛貓熱血中，至今仍融合了開拓時期的汗水與眼淚。

不對——沒時間沉浸在感慨中了。貨車開始晃動，司機回到駕駛座，車門打開又關閉，引擎一直沒有熄火。一旦司機放下手煞車，打排檔再踩下油門，那一瞬間——

兄妹就會被迫離散。

小虎緊盯著惠美，不能說人話讓牠著急萬分，但牠相信人類應該能明白貓的認真態度。

看好囉？惠美，像這樣，這樣。

對小虎來說，這點高度不算什麼，跳一下就能輕鬆落地。

就算不用跳的，用頭往地面撞的姿勢從車斗垂直落下，應該也沒問題吧。

但小虎特地用抓住車斗的姿勢，用腳先著地，為惠美提供示範。

見狀，惠美也用力點點頭，模仿小虎轉過身子。她慎重地將腳放下來，腳尖碰到車斗柵欄邊的凸起處。對，很棒喔——小虎在地面守護著惠美的行動。萬一惠美中途掉下來，小智也沒辦法接住她的話，小虎決定要立刻鑽到惠美和地面間的縫隙。

如果體型再大一點，應該就能撐住惠美，但事到如今說這些也沒用。能當墊背就好，就算被惠美的身體壓扁也無所謂。如果能稍微減緩衝擊，惠美就不會受傷了吧。

我做得到，沒錯，我可以。健壯的骨骼和肌肉就是為了這一刻而存在，蓬鬆茂盛的毛皮也是為此而生。我的骨骼很強健，從小吃了那麼多小魚乾，也是為了今天，為了現在這一瞬間吧……

惠美的身體緩緩接近地面。就是這樣，沒錯，很棒喔——小智也小聲替她加油。

貨車又晃動了，還傳來放下手煞車的聲音。

還差一點，快到了，加油，加油，快一點，但不要著急。

惠美將手放開車斗掛勾的同時，貨車也往前開。

小智用雙手和胸膛穩穩抱住了惠美的身體。

4

年幼的兄妹和一隻貓，走在填海地的荒野中。

起初還精力充沛——但沒過多久，腳步就變得沉重且蹣跚。

這條路是從高速公路交流道延伸的單行道。城鎮還很遠，比起眼睛所見，實際走起來感覺更遙遠了。

看看天色，已經傍晚了。

如果不能在天黑前抵達城鎮，就要在這裡野宿了吧。小虎往小智和惠美肩上的背包瞄了一眼，裡面肯定沒有帳篷或睡袋，除了剛剛的餅乾之外，到底還有哪些食物呢……

小虎心想「不太妙啊」，並低頭往下看。雜草叢生的空地一定有很多蚊蟲，感覺還有老鼠棲息，但就算把老鼠抓回來——他們也不會開心吧。思及此，小虎的尾巴就失落地垂了下來。

從剛剛開始就逐漸放慢腳步的惠美，用泫然欲泣的表情和聲音說：「哥哥……我的腳好痛。」

「加油，快到了。」

「我好累，走不動了。」

「別說這種話。」

「可是……」

惠美用手扶著道路護欄直接蹲了下來。就算小智說：「妳在幹嘛啦，來，加油。」惠美也只能無力地搖搖頭，完全站不起來。

小虎其實也精疲力盡了。牠好久沒有走這麼長的距離，不對，或許是有生以來第一次。

「我不管妳囉。」

小智噘著嘴直接往前走。

惠美終於放聲大哭。

兩人的距離越拉越遠。

小虎本想跑去追小智的背影，卻停下腳步；想回到惠美身邊，但又停下腳步。小智，惠美，小智，惠美，牠來回看著兩人，身體卻動彈不得。

怎麼辦、怎麼辦、怎麼辦、怎麼辦……

牠第一次體會到腦袋一片空白的感覺。總是冷靜果斷，行動態度清醒的小虎，現在卻心慌意亂，不知該如何是好，只知道必須為兩人做點什麼，陷入一籌莫展的窘境。

「哥哥……等等我，不要走嘛，不要讓我孤零零一個人……」

孤零零——

小虎總是獨來獨往。

人類也好，貓也好，牠認為世上的萬物生靈，終究都是獨立的個體。

但牠現在才發現。

獨立個體和孤零零雖然很像，卻又不太一樣。

想和某人在一起，結果卻剩下自己，就是孤零零的感覺——

惠美也會踏上獨立的人生。

但那不應該是孤零零的人生。

用「人生」這個說法或許有點誇張，總之就是現在啦，現在怎麼能讓惠美變成孤零零一個人呢——

小虎追在小智身後，想從後面抓他的小腿肚。如果小智還想做無謂的堅持，牠也可以張口咬下。

小虎已經做好覺悟，隨時都可以伸出曾經開拓荒野的尖銳利爪。

沒想到小虎快追上的時候，小智竟忽然停下腳步，長嘆一口氣說：「受不了，真的煩死了。」就轉頭看向惠美。

「休息一下吧。」

他往回走了。

雖然頂著憤怒的表情，眼神卻無比溫柔，有些悲傷地噘著嘴。當惠美抬起頭時，小智強顏歡笑地說：「哥哥其實也累了。」

好棒好棒，你表現得太好了。小虎又開心得不得了，並挺起胸膛走在小智前方，像是在領導他一般。

「喂，小貓，美短！」

小智朝小虎喊道，叫得有點難聽，聲音裡卻滿是溫柔。

「你可以逃去其他地方喔。」

不好意思喔。

將這兩個冒失的孩子平安送到旅途目的地，正是小虎的職責。

這是剛剛決定的。

但牠也覺得，或許這其實是很久很久以前就已經決定好的事。

可是——

這兩個孩子的目的地，到底是哪裡呢……？

小智跟惠美坐在人行道上，輪流喝著小智從後背包拿出來的瓶裝茶。

「也給小貓喝一點吧。」

止住眼淚的惠美吸了吸鼻子，在人行道邊撿了個超商便當的空盒，把茶倒進去。

「這隻貓真的很怪耶，完全沒有要逃的意思。」

小智驚訝地這麼說，惠美則摸摸小虎的背表示：「小貓應該很喜歡我們吧～」隨後她又用興奮的語氣說：「我想到一個好點子！」

「就是啊，我要把這隻小貓送給媽媽。媽媽會嚇一跳，也會很開心吧。然後啊，如果有小貓的話，我跟哥哥就可以經常去媽媽那裡玩了。欸，這樣的話，你看，就是，媽媽現在雖然搬到很遠的地方，但搞不好還能像以前那樣，住在同一個家裡了吧？」

惠美認為這是個超棒的主意，自信滿滿地一口氣說完這串話。

小智卻依舊沉默不語。

聽到惠美問：「怎麼了？」他也將視線別開。

惠美臉上浮現出不安的陰影，但她立刻擺脫這股情緒笑著問：「我們快到媽媽家了吧？」

小智緊咬嘴唇，狠狠瞪著夕陽。

「……惠美。」

「什麼？」——惠美的嗓音在顫抖，一定是因為她心中隱約有預感吧。事後小虎才這麼想，還有小智始終隻字未提，根本說不出口的那個理由。

「媽媽家太遠了。」

「太遠……有多遠？」

「非常遠。」

「走不到嗎？」

「走不到。」

「那坐公車呢？」

「……還要更遠，遠到沒辦法見面的程度。」

「可是媽媽還在等吧？媽媽在等我們喔，希望我們快點過去。」

小智瞪著夕陽搖搖頭，平靜地說道：

「媽媽已經養新的貓了。」

「真的嗎？」

「嗯……」

「啊，可是，她應該會讓我們看看新的小貓吧？」

小智又搖搖頭。

他雙唇微啟，用唇語說了「對不起」這三個字。對不起，我說謊了。

聽不見他的聲音，從惠美的位置甚至看不見他嘴巴的動作，可是惠美卻紅了眼眶。

「媽媽已經變成那個新家的人了，跟爸爸離婚又再婚，爸爸也再婚了……哥哥、惠美、爸爸、媽媽四個人，再也不能像以前那樣，聚在一起了。」

這次換惠美沉默地緊咬嘴唇。一低下頭，眼淚就奪眶而出。

「對不起……惠美，對不起……哥哥一開始就知道了……可是惠美這麼想見媽媽，這麼期待……我才會說謊，對不起……對不起……」

小智的淚水也跌出眼眶。過去拚命強忍的那些淚水遠比惠美還要洶湧，不停滑過臉頰從下顎滴下來。

怎麼辦——

小虎又來回看著惠美和小智。

能做什麼？能為他們做些什麼？牠不知道，但還是想做點什麼。他們不是客人也不是飼主，而是旅伴，如果能讓他們重拾笑容，只要是能力所及的範圍，牠什麼都願意做……

有一輛車從交流道那裡開了過來。

小虎衝到車道上，故意搖搖晃晃地坐了下來，最後甚至躺在地上，想吸引駕駛的注意。

如牠所料，駕駛將車速放慢，對霸佔車道正中央的小虎按喇叭。但小虎不為所動，就算害怕也沒有逃跑。

車子在小虎眼前停了下來。小虎看準時機跳上引擎蓋，將臉轉向人行道，示意駕駛往那邊看。

駕駛是一位阿姨，她循著小虎的視線看向人行道，發現坐在地上哭個不停的兩兄妹後，就急忙下車。

「等一下！你們是怎麼了！」

人類也不過如此而已嘛——

小虎總這麼想。

其實直到現在，牠心裡有一半還是這麼認為。

可是另一半，牠卻對人類有些改觀了。

那位阿姨開車把小智和惠美送到警察局，警察局負責走失兒童窗口的叔叔和姊姊也沒有將兩人痛罵一頓，小虎很想稱讚他們「你們心地還挺善良的嘛」，雖然被貓稱讚他們也不會開心就是了。

惠美正在吃警察姊姊給的熱牛奶和果醬麵包。

小智坐在其他地方，跟做筆錄的警察叔叔解釋離家出走的理由與經過。

全都是我的錯，是我硬把惠美帶出門，惠美沒有錯，所以逮捕我一個人就好……

「不會逮捕你啦。」

警察叔叔面帶微笑地說：「小智是個溫柔的哥哥呢。」

有個穿著警官制服的哥哥從隔壁房間走進來。

「已經跟家裡的人聯絡上了，媽媽馬上就會來接人。如果時間來得及，爸爸也會過來。」

媽媽——

是新媽媽吧。

警察哥哥轉頭看向小智，用有點可怕的表情說：

「媽媽從中午就一～直在找你們喔。因為找遍整座城鎮都找不到人，正準備要報警了呢。」

小智繃著一張臉輕聲回答「嗯……」，似乎有些不甘心。這也難怪，他都用「那個人」稱呼新媽媽嘛。

但警察哥哥繼續說道：

「媽媽哭個不停喔。一開始說『太好了、太好了』……中途又變成『對不起、對不起』……」

聽到這裡，小智的表情變得扭曲。做筆錄的警察叔叔像是看準時機般說出「真是個好媽媽呢」這句話，小智才終於趴在桌上嚎啕大哭。

如果把流淚的次數加總，小智搞不好比惠美更愛哭呢。

警察姊姊也準備了小虎的點心。

「這是從晚班同仁的便當分出來的，好好享用吧。」

是一小塊海苔炸竹輪——

小虎心想「算了，沒差」，便心懷感激地吃了。

「但這隻貓也很了不起耶。」

警察叔叔感佩地說。

「居然會替主人解圍，一點也不像貓，感覺比忠犬八公還要厲害耶？」

警察姊姊也——搬出這種仔細想想對貓超級失禮的比喻，對牠讚譽有加。

「啊，但牠應該是流浪貓或走失的貓吧，怎麼辦？要聯繫收容所嗎？」

警察哥哥在一旁多嘴。小虎心想「完蛋了」，急忙將咬在嘴裡的竹輪吐出來，擺出隨時能逃跑的姿勢。

這時惠美忽然大喊一聲：「不是啦！」

「不是什麼？」

「這隻小貓不是流浪貓！也沒有迷路！」

「但也不是你們家養的吧？不是你們的寵物吧？」

聽警察哥哥這麼說，小智和惠美同時回答了不同的兩句話。

首先是小智——

「就從今天開始養！」

惠美則是——

「不是寵物，是我的朋友！」

警察哥哥頓時啞口無言，警察叔叔就拍拍他的背，幸災樂禍地笑著說：「你輸啦～」

小虎將吐回盤子的竹輪又吃進嘴裡，雖然大到很難一口吃完，牠還是努力地吃。牠想動動嘴巴，想認真吃東西，否則——那股熱流會盈滿牠的心，讓牠不知該如何是好。

像是等不及敲門後的回應似的，房門被用力打開。

率先衝進來的是那位新媽媽——她哭著抱緊兩人說：「惠美！小智！」接著又連

續說了三次：「笨蛋笨蛋笨蛋！」

爸爸跟警方賠罪和道謝的時候，新媽媽也緊緊抱著兩人不肯鬆手。她淚如雨下，中途就跟接到警方電話時一樣不斷重複「對不起、對不起、對不起」。

惠美主動抱緊媽媽。看到媽媽跪在地上痛哭失聲，原本僵在原地的小智也戰戰兢兢地將手放在媽媽背上，然後跟惠美一起哭個不停。

沒事了，新媽媽再也不是「那個人」了。或許還需要一點時間，可是總有一天，「新媽媽」這個概念會像老舊的貓指甲一樣自然而然剝落。

趁警方的注意力都放在三人身上時，小虎偷偷走出房間。

來到建築物外頭仰望夜空，發現一輪滿月懸在上頭。

怎麼樣啊——？

牠向祖先問道。

身為你們的末裔，我有善盡職責吧？

雖然聽不見平常那個聲音，卻有一種不可思議的滿足感。牠能明確感受到難以計數的自我，融入了牠的身體與心靈。

接下來……

小虎回頭看向身後的警察局建築，輕輕叫了一聲。

再見了──

就奔向夜幕之中。

跟媽媽約好要飼養小虎後，惠美轉頭說道：「小貓！我們回家吧！」但小虎已經踏上新的旅程了。

這讓好不容易止住眼淚的惠美又流出了新的眼淚，但聽到小智說：「那隻美短可能是神的使者吧，是來保護哥哥跟惠美的。」她才抽抽搭搭地不停用力點頭。

如果小虎能用人類的語言寫字，一定會留下這張字條吧。

今天的旅行結束了喔──

從明天開始，就要踏上跟新媽媽好好相處的旅行了──

好好保重，幫我跟哥哥問聲好吧──

後來再也沒有人知道小虎的消息了。

但小虎聰明又堅強，應該不會這麼輕易就死了吧。牠現在一定在某個地方，擔任某人的旅伴。

這隻棕虎紋的中年貓咪，會用冷澈的目光觀察人類的世界，如果年幼的孩子快要變成孤零零一個人，牠就會立刻來到孩子身邊相伴——如果看見那樣的貓，或許那就是小虎喔。

喏，在你的城市裡也是。

一臉寂寞的孩子看到棕虎紋的流浪貓時，不是會露出溫暖的笑容嗎？

家族夢想的毛毯貓

1

他決定實現家人的微小夢想，以免失去更重要的事物。

養貓。

不對——「養」可能有點困難，所以是「借」。

「原來還有人在做這種生意啊。三天兩夜，比想像中還便宜呢。」

隆平摸著這一個月急速消瘦的臉頰這麼說。

妻子春惠稍稍低下頭，嘆了口氣後問：「你是想擺爛嗎？」

「才不是。」隆平笑道：「實現一個夢想而已，不會遭天譴吧。」

畢竟我都活得這麼拚命了——原本還想加上這一句，卻又覺得說出口太難堪，還是吞了回去。

「可是這樣好嗎？」

「什麼？」

「因為……房裡會有味道，傷到牆壁跟地板的話，賣價會下滑吧？」

「別擔心啦，才兩三天而已。而且事到如今差個十萬二十萬，也沒什麼差別吧。」

他在住宅情報雜誌上查過售屋的行情價了。

屋齡十年的獨棟建築，四房兩廳，總面積約九十平方公尺，土地也不到一百平方公尺。要從最近的車站坐公車五分鐘，再從公車站走三分鐘才會到。順帶一提，急行和快速列車都不會停靠最近的車站，到新宿還要四十五分鐘。

不管再怎麼堅持，最多也只能賣到兩千兩百萬圓——有買家願意出超過一千五百萬圓就該滿足了。

假設用一千五百萬圓售出，再加上資遣費八百萬圓，合計就有兩千三百萬圓。若把這筆錢直接拿去償還剩下的房貸，手邊就一分錢都沒有了。

「從零重新出發吧。」

隆平用開朗的語氣這麼說，卻不敢直視忽然多了好多白髮的春惠。

「我們剛結婚的時候也是住一房一廳的公寓啊，只是回到起跑點而已啦，嗯。」

下個月開始租的公寓是三房一廳——要是說「還多了兩個房間呢」這種話，應該會覺得更空虛吧。

「年紀又不一樣。」

春惠冷冷地說。

結婚時是二十七歲，現在是四十三歲。

「家族人數也不一樣了。」

新婚當時只有夫妻二人，現在有國二的女兒和小五的兒子。

「只是回到起跑點……怎麼能說這麼悠哉的話啊。」

這倒是。

「下一份工作也得盡快決定，否則美雪和陽太的精神狀態會撐不住的。」

隆平也明白這一點。

聽春惠提起孩子，隆平只能低下頭緊咬雙唇。

可是說「想養貓」的也是孩子啊。

「早知道會這樣，還不如剛搬來的時候就養貓……」

隆平低喃道。過去他總用「房子會損傷」、「長大一點再說」這些理由推遲養貓的約定，這讓他再次感到懊悔。

「可是養貓的話，就不能搬到公寓了吧。」

「是啊……」

「如果用隨便玩玩的心情養貓，不合心意就拋棄的話，還不如一開始就不要養。」

「嗯……」

到底哪一天才能完成跟孩子的約定呢？從公寓重新出發，一步一步往上爬，到底要花幾年時間，才能再買到能光明正大養寵物的獨棟住宅呢？不對，不是時間長短的問題，這真的是有可能實現的夢想嗎……

隆平環視屋內。

眼前的空間極為狹小——用「客餐廳」形容都覺得汗顏，以和室來算大概是十張榻榻米大吧，要同時塞進餐桌和沙發組實屬勉強。隆平十分嚮往躺在沙發上休息的感覺，所以不顧家人反對硬塞進來，結果讓狹小的空間變得更加狹窄，走三步就一定會撞到東西。但就算小趾踢到桌腳痛到蹲下，隆平也只能責怪自己只有這點能耐，如今卻連「這種程度」的家都得放手……要搬過去的公寓應該放不下餐桌和沙發組，所以必須在搬家時處理掉。

隆平重新看向春惠。

對不起啊。

他沒出聲，只是微微動了動嘴唇，春惠卻明白了他的意思。看到春惠露出落寞微笑，用幾不可聞的聲音嘀咕「這也沒辦法」，隆平再次別開目光。這種時候夫妻的默契，遠比直接用言語對話的形式還要讓人難受。

春惠說：「養貓的事，還是算了吧？」

隆平也輕輕點頭。

「畢竟美雪和陽太也不是真的想養，終究也得還回去，要是對貓產生感情，反而更可憐。」

隆平默默抬頭看向天花板。客餐廳正上方是美雪的房間，旁邊是陽太的房間。現在這個時間孩子們早就睡了，但也不知道他們是不是真的睡著了。他們吃早餐時總是一臉沒睡飽的樣子。

「美雪已經跟朋友說過了嗎？」

「嗯，跟比較要好的朋友說了。」

「只說了轉學的事嗎？」

「我不知道……但依那孩子的個性，應該不會告訴其他人吧。」

陽太凡事都看得很開，美雪卻跟他截然不同，不服輸又很強勢。自尊心太高和意氣用事的性格卻招來了惡果，讓她國一時遭受過輕微的霸凌。

這樣的美雪——應該不可能跟朋友說「我爸被公司裁員」或「我家連房貸都繳不完就被處理掉了」吧。

「……她會恨我嗎？」

「不會啦，這也不能怪你啊。」

「會覺得我是個沒用的老爸吧。」

這次春惠沒有回話。

如果再問一次，春惠的回答可能會不太好聽，所以隆平也沒有再多說什麼。

晚風將窗戶吹得喀噠作響。這棟作工不精細的現成住宅，在落成五、六年之後，門窗就忽然變得關不牢了。

「剛剛……」春惠嘀咕道：「你回來之前，陽太哭了，說他真的不想轉學。他不想跟朋友分開，也想跟大家一起去明年的校外教學。」

窗戶又晃得喀噠喀噠響。

今晚的風好強啊。

在這秋末時節——花費好幾年努力構築，小心翼翼守護的這份幸福，此刻也將邁入尾聲。

又起風了。

風聲竟有點像嘶啞的貓叫聲。

隔天隆平一早就前往都心的求職中心。

他用電腦查詢徵才資訊，但工作地點和待遇條件都無法妥協。說穿了，連徵求件數本身都少得可憐。

他試著將「年齡」項目改成二十歲，徵求件數果然增加了，卻也只是徒增空虛而已。

早知如此——

他最近偶爾會想。

如果在泡沫經濟時期——日本還充滿活力，自己也還年輕的時候轉職就好了。

當時就不該相信是用最低價買到房子，只要再等三年，房價一定會下跌。不對，如果繼續住在條件不錯的租賃公寓，把資遣費拿來繳房租，至少到美雪高中畢業之前都不用搬家。

他並沒有在職場上犯下大錯。

他不認為自己是對公司有巨大貢獻的員工，卻也從來沒有扯過上司和同事的後腿，晉升速度不快也不慢，跟客戶和部下也處得不錯，一直以來工作都順遂平穩。

可是——他卻被拋棄了。

公司嘴上說是「無可奈何的選擇」和「痛心的決定」，說穿了就是要捨棄幾名員工，好讓自己繼續存活。

我到底做了什麼？

我哪裡做得不好？

前幾天，他夢到自己抓著人事部長的衣領質問。

他在夢中激動怒吼，喊到都破音了。

怒吼的同時，眼淚也流了下來。

他沒有在求職中心待太久。花費大把時間黏在這裡不走，登錄徵求件數的櫃檯也不會有任何動靜吧。

下午他跟大學時代的朋友見面。在沒有資遣危機的大型企業工作的朋友，一走進咖啡店就明顯對隆平帶著戒心。雖然會附和隆平講述困境的話題，眼神卻不安分地到處游移。

這傢伙是來要錢的——朋友應該是這麼想的吧。隆平可沒有落魄到這種地步。

可是隆平確實有私心——他想知道有沒有再就業的線索。

隆平聊完自己的狀況後，隨後又笑著說：「有沒有不錯的職缺啊？應該會有子公司或孫公司之類的吧？不管哪裡都好，我什麼都願意做。」

朋友默默地喝著咖啡。

隆平等了五秒。

朋友卻沒有開口。

「……沒有啦。」

隆平看向窗外，蹺起二郎腿說：「開個玩笑而已，只是玩笑話。」

朋友如釋重負地將咖啡杯放回杯碟，表情終於不再緊繃。

「我們公司也不好過啊。」

「你在說什麼啊，不是上市公司嗎？」

「公司是上市了，但我們跟其他中小企業差不多啊。員工只不過是外包的而已。」

「……嗯。」

「明年春天人事異動後，我應該也會被派到外地吧。」

「是嗎？」

「對啊，今年秋天好像也很慘，這次應該逃不掉了。小孩還要上學，我可能要單獨外派。」

「真要外派的話會待多久？兩三年也回不來嗎？」

朋友搖搖頭說：「最少也要五年，單獨外派要撐五年也不容易啊。能回來的話當然好，還算幸運，運氣不好的話，就會直接被遷到當地分公司，在鄉下住到退休了。」

但總比失業好吧——隆平在心中如此嘀咕，卻用咖啡把這句話沖回肚子裡。

朋友手機響了，隆平也趁機起身離開座位。他的手機從早上到現在都沒響過，失業了一個月，幾乎沒什麼機會用到手機了。如果還是找不到下一份工作，生活變得更拮据，他就想把手機解約——至少讓他體會一次資遣別人的滋味吧。

他們各自付了咖啡錢。朋友本想一起買單，隆平及時阻止，並將五百圓硬幣放在結帳的托盤上。

朋友頓時露出「你還行嗎？」的表情，感覺夾雜了擔憂、同情與哀傷。

收下找回的零錢後，隆平留下朋友快步走出店面。

「好好保重身體……加油啊。」

他聽見朋友在身後這麼說，卻頭也不回地往地鐵站走去。

他搭上電車離開新宿，現在還沒到傍晚的通勤尖峰時段。

只要搭乘空蕩蕩的區間列車悠閒回家就行了。在新宿已經沒什麼事要辦，雖說要回家，卻也沒事可做。

過去他到底是為了什麼，才要搭乘連吊環都沒得拉的擁擠電車呢？

走到把鞋底都磨平，襯衫被汗水浸溼，被迫應酬到喝吐的程度，天天陪笑，處處恭維，誇張地道歉，安撫別人的怒氣，不吃午餐，連週日都不休息，打開中元和歲末賀禮型錄敲打計算機，戰戰兢兢，汲汲營營，慌慌張張，精疲力盡……最後手邊到底還剩下什麼？

電車車窗上隱約浮現出孩子們的面孔。

還有春惠的臉。

美雪和陽太都說「好想養貓喔」。

買現在這個家的時候，一看到刊在廣告上的佔地和建築面積，隆平就覺得很小了。簽訂契約前到現場實際參觀後，甚至覺得比設計圖上的感覺還要小。搬家把行李塞進去後，又變得更小了……

他到現在還記得，到現場參觀第一次看到「自己家」的美雪是什麼表情。

當時才三歲的美雪，可能幻想是繪本裡出現的那種城堡吧，一看到房子就說：

「怎麼這麼小啊？」讓房仲公司的業務露出苦笑。

只要一次就好。

他想在這個家實現孩子們的夢想。

帶貓回去的話，美雪和陽太一定很驚訝吧。

好想看到孩子們瞪大雙眼，「嗚哇」地大聲歡呼的表情。

這樣幻想一下……感覺挺不錯的嘛……

2

「我帶禮物回來囉。」

一走進客廳，隆平就開口了。

輕輕提起手上的貓籠，貓籠中裹著毛毯的貓就發出「嗚咪～」的微弱叫聲。

最先回頭的是陽太。

「那是什麼？」——他被電視聲音干擾，似乎沒聽見貓叫聲。

「你覺得是什麼？」

隆平站在門口這麼說，還帶著意味深長的笑容。坐在沙發上的春惠用「你幹嘛去借啊」的表情看著他，但他假裝沒發現。

「欸，爸爸，禮物是在那個籠子裡嗎？」

「沒錯，這種籠子叫外出籠喔。」

「哦～……所以裡面是什麼？」

「不是要你猜猜看嗎？」

「我嗎？」

雖然是自己的兒子，但領悟力還真差。說好聽點是斯文穩重的大好人，說難聽點就是心不在焉的呆瓜。父親失業，還要離開原本的家……當他要面對這個狀況時，這種性格會為他帶來幫助嗎？

「爸爸，給點提示嘛，提示。」

「好。第一個提示，這是陽太跟姊姊都超想要的東西。」

聽隆平這麼說，陽太立刻轉頭看向美雪，語氣興奮地說：「姊、姊，跟妳也有關係耶！」

可是——美雪的眼神卻沒有離開電視，從剛剛就一直盯著看。

隆平重新振作快要變得消沉的心情，笑著開口說：「美雪，妳覺得是什麼？」換來的卻只有「不知道……」這句話，看都不看他一眼。

反而是春惠對他使了使眼色，還搖搖頭表示「別管她，不要一直問」。

重新振作的心情又往下沉了。美雪昨晚態度也很冷漠，今晚感覺更不開心了，可能在學校遇到了什麼煩心事。

美雪跟陽太的個性完全相反，用車子方向盤來比喻的話，就是沒有任何「間隙」。說好聽點是強勢敏銳，說難聽點就是不知變通，對人對己都太過嚴苛。在這樣的美雪心中，失去工作和房子的父親是什麼模樣……隆平不敢深入想像，所以從來沒思考過這件事。

「欸。」隆平重新看向陽太。「猜猜看吧，你覺得是什麼？」

「第二個提示呢？」

「嗯……那就特別大放送，給你一個超級大提示吧。是動物喔。」

「動物？」

「沒錯，動物，是姊姊跟陽太都超～級超級想要的動物。已經猜到了吧？」

隆平偷偷瞥了美雪一眼。他也知道自己露出討好的眼神——所以美雪毫無反應的模樣，反而讓他鬆了一口氣。

陽太環起雙臂「唔嗯～……」地陷入沉思，接著又再次問道：「那個動物現在就在籠子裡吧？」

「是啊，沒錯。」

「牠是怎麼叫的？」

「連這個都告訴你的話，就不是猜謎了啦。」

隆平傻眼地笑了笑，內心卻覺得無比掃興。照理來說，說到「超～級超級想要」的時候就會馬上有頭緒了吧？現在這些孩子口中的「超級超級想要」，難道只有這點程度的分量嗎？

「是錢龜嗎……不是吧，裡面又沒有水。」

「錢龜？你想要烏龜嗎？」

「嗯，之前在電視上看到，就覺得有夠酷。」

喂，給我等一下。

想要的東西變了，就該馬上跟爸媽說啊……而且更離譜的是，想要的東西怎麼會說變就變啊……

掃興變成了失望。

要是轉為憤怒的話，就會搞不懂到底為什麼要借貓回來了，所以他想在生氣之前結束這個話題。

隆平把貓籠放在地上。

「欸，陽太。」

「嗯？」

「你不想要貓了嗎？」

「沒有啊，貓也不錯啊。」

「……你想要貓吧？」

「還好啦，大概排在錢龜後面的後面吧。」

陽太一臉平靜地回答，隨後有些焦急地說：「隨便啦。欸欸，爸爸，籠子裡面到底是什麼？再多給我一點提示嘛。」

都說到這個地步了，還是猜不出來，真是個蠢兒子。

但某部分的自己——確實將希望寄託在這個蠢兒子身上。

「喏，就是這個啊，這個。過來看看。」

隆平打開貓籠蓋子，從裡面抱出貓咪。

是一隻亮灰色的貓——俄羅斯藍貓。

「嗚哇啊！」

陽太大聲歡呼，連滾帶爬地衝到隆平身邊。

「爸爸，讓我抱一下！我可以抱嗎？可以吧？」

因為個性太蠢，陽太的笑容看起來無憂無慮。他每天都過得純粹又開朗，甚至到有些幼稚的地步。

這樣才好。

療癒人心——他從年輕時就不太喜歡這種說法。

但失去工作的此刻，看著兒子的笑容，胸口就緩緩湧現出一絲暖意。這種類似泡熱水澡時發出「呼～」一聲的感覺，還是只能用「療癒人心」這四個字來形容。

陽太用不太正確的動作抱起貓咪。如寵物店店員所說，貓咪完全不會排斥躁動，乖乖地被陽太抱在懷裡。

「陽太，你覺得錢龜比較好嗎？」

隆平用調侃的語氣這麼問，陽太果然也毫不在意地回答：「不會啊～我還是最想要貓咪～！」

隆平也笑著回答：「對吧？」

美雪還是沒有看過來，電視都已經進廣告了，還是堅決不肯看向他們。所以隆平也決定不讓美雪的側臉映入眼簾，繼續保持笑容。

春惠起身離開沙發走向廚房。儘管陽太說：「媽媽，妳看妳看！」她也只回一句：「等一下再說，我先去幫爸爸加熱晚餐。」

「……我不想管了。」

等孩子都回到二樓後，春惠在客廳裡這麼說。

「沒事啦。」

隆平躺在沙發上看著天花板發呆。都快十一點了，陽太房間還一直傳出聲響。陽太還在跟貓玩，還幫貓取了「喵喵」這個名字，在《寶可夢》跟皮卡丘他們敵對的軍團中似乎有一隻貓就叫這個名字。隆平心想：也不必故意取這種壞蛋角色的名字吧，但總之陽太堅持要把「喵喵」帶回房間，說今晚要跟牠一起睡。

照這個情形來看，應該會玩到很晚吧，對貓來說也挺困擾的。但明天是禮拜六，隆平決定順著陽太的心情。

「但後天就要還回去了吧？真的沒問題嗎？那孩子會不會產生感情哭哭啼啼的？」

「沒事啦，我有好好解釋給他聽，他也知道吧。」

隆平跟陽太解釋「這隻貓是借來的」。陽太起初也有些不服氣地說：「不能養嗎？」聽隆平說：「就算只有三天兩夜，也比沒有好吧？」他才心服口服地表示：「也是啦。」反正搬到新公寓就不能養貓了——不知道他有沒有想到這一點。

「畢竟是這個家最後的回憶了。明天我想拍很多影片和照片。」

啊啊，對了，得先去充電才行——當隆平坐起身時，春惠的聲音就像揮拳反擊一樣傳進他耳裡。

「那是為了誰？」

「咦？」

「最後的回憶……你是為了誰才要製造回憶？」

這還用問嗎——隆平本想這樣回答，春惠卻再次揮拳反擊。

「是為了你自己吧？」

「不是啊，妳在胡說什麼。我是因為陽太跟美雪說想養貓，所以才會、這麼做，因為覺得是最後了……」

「那美雪開心嗎？」

第三次反擊。

隆平無言以對。美雪根本不開心，最後連一句話都沒說上，不僅如此，連眼神都沒有交會過，美雪就走上二樓了。

「後天把貓還回去的時候，你覺得陽太會開心嗎？爸爸，謝謝你幫我創造了美好回憶……你覺得他會說這種話嗎？」

這次他依然無言以對。

見隆平始終沉默，春惠用勸誡的語氣繼續說道：

「那個啊，這雖然是我的想法，但回憶這種東西是沒辦法強行創造的吧？因為是最後一次，所以要留下快樂的回憶，這只是大人一廂情願的雞婆行為吧？想養貓卻不能養，又有什麼關係呢？這不也是一種回憶嗎？」

「……但身為父母，還是想幫孩子實現夢想吧。」

「前提是真的要養貓啊。如果只是借一隻貓回來，就不算實現夢想了吧。」

「這……嗯，說得也是。」

「不上不下的，反而覺得更可憐……我這麼說你可能會生氣，但是，我真的覺得，這只是你的自我滿足而已。」

這句話不是刺進耳朵，而是狠狠地刺進胸口。

其實他不是無話可說。

只是胸口和喉嚨的交界處被某個又硬又重的東西壓著，讓他說不出話。

經過漫長的沉默後，春惠輕聲呢喃道：

「傍晚房仲打電話來了。」

說是——已經評估出這個家的售價了。

「兩千兩百萬圓，有機會嗎？」

「這不是一開始就說絕對不可能嗎？」

「……評估是多少錢？」

「可能連一千八百萬圓都有點困難。」

「所以那傢伙說要多少錢才賣得出去啊？」

隆平忍不住提高音量。

彷彿要將他激動的情緒全都吸收般，春惠用冷靜的語氣，說出了隆平努力打造、拚命守護至今的「一國一城」的價格。

「他會用一千五百萬圓起售，但一千三百萬圓也不確定能不能找到買家……如果你有意降到一千兩百萬圓，或許還有機會成交。」

城池被攻陷——已經無力回天了。

「怎麼樣？要問問其他房仲公司嗎？」

隆平差點就要點頭了，但還是重新搖搖頭。

「反正不管問誰都一樣。」

「嗯……大概吧。」

「這樣還會剩下一些房貸。」

「這我會想辦法處理。」

「找岳父嗎？」

「這也沒辦法啊。」

「那我乾脆賴在這裡不走，直到房子被扣押為止。」

他不是在開玩笑。

不管怎麼想，每個月的房貸壓力對失業的隆平來說真的太沉重了。但只要在銀行祭出最終手段之前，若無其事地賴在這裡……

「拜託別做這種事。」

春惠露出落寞的笑，隨後又說：「房子被扣押的話，美雪就真的太可憐了。」並將美雪今晚心情差到極點的理由告訴他。

似乎是某個本來就跟她關係很差的同學說：「聽說你們家要跑路喔？」

隆平用力閉上雙眼，努力忍下差點發出的嗚咽聲。

借一隻貓回來，創造最後的快樂回憶——或許這真的只是父親的自我滿足心理。

就算在這三天留下了美好回憶，等美雪和陽太長大後，回想小時候住在這個家，應該也只剩下悲傷的回憶吧。

隆平敲門後，就傳來「喔～」的一聲，聽起來充滿睏意。

「爸爸開門囉。」

「好啊～」

陽太自己打開房門，打著呵欠笑道：「我剛剛不小心睡著了。」

「不去床上睡會感冒喔。」

「嗯……」

「貓呢？」

「已經睡了。喏，你看。」

陽太指著放在地上的貓籠。

喵喵裹在毛毯裡睡著了。

「真的跟爸爸說的一樣耶，只要有毛毯，牠在哪裡都能睡。」

「對啊，但一定要帶著這條毛毯才行。因為牠從出生後就一～直在做這樣的訓練。」

隆平把在寵物店聽來的說法照實告訴陽太。

「那用其他毛毯就睡不著了嗎？」

「是啊，所以店員說，只有毛毯絕～對不能用不見喔。」

那是每間棉被店都會賣的米白素色毛毯。靠這一條毛毯在各處人家過夜的租借貓，總覺得有點可憐，卻也令人欣羨。

不管到哪裡，只要有毛毯就能安穩入眠——我們身邊也有相當於這種毛毯的東西嗎？思及此，隆平嘆了一口氣。

3

隔天從一早就是好天氣。

簡直是絕佳的攝影日——既然要製造回憶，還是想在豔陽高照的天氣中進行。

隆平交互使用數位相機和攝影機，拍攝「有貓在的家」。在樓梯上縮成一團的喵喵，在走廊上踏著小碎步的喵喵，鑽到餐桌下的喵喵，陽台上的喵喵，壁櫥裡的喵喵，浴室裡的喵喵……

「喵喵是不是有當過模特兒啊？」

陽太一臉佩服地說。

「搞不好喔。」隆平也點頭認同。不管帶到什麼地方，喵喵總是乖乖順從，還會自然擺出讓人想稱讚「對對對，我就是想拍出這種照片」的姿勢——真的是一隻聽話又聰明的貓。

「昨晚也不吵不鬧，乖乖窩在毛毯上，真的超可愛。」

「睡得很香吧？」

「嗯。」

「所以你是一直盯著喵喵看，才會沒睡飽嗎？」

陽太害臊地笑著說「對啊」，隨後立刻打了個大哈欠。雖然不知道陽太聽不聽明，但他也是個聽話的兒子。

「欸，爸爸，待會要去哪裡拍？要去外面邊散步邊拍嗎？」

「外面也不錯啦……但還是在家裡拍吧。」

正因為很快就要失去這個家，才想用快樂回憶稍加點綴。就算被春惠說是「雞婆行為」，被「這只是你的自我滿足」這種話切割，但讓孩子們在幾年、十幾年……還是幾十年後翻開相簿時，能帶著笑容說「哇啊，原來發生過這些事」，就是為人父母的職責。

隆平走上二樓，在陽太房間又拍了幾張照片，並將陽太跟喵喵玩耍的模樣錄成影片。

已經留下夠多陽太與喵喵的回憶了。

但春惠和美雪還沒拍呢——春惠正在整理廚房為搬家做準備，隆平將鏡頭對準她時，她竟一臉嚴肅地怒斥：「真是的，別拍這種地方啦！」美雪匆匆吃完早餐就立刻回房，還在房門掛上「K書中！禁止進入！」的牌子。

這樣就不是一家人的回憶了。

就算現階段無法理解，但只要留下照片和影片，總有一天一定會笑著說「幸好有拍下來」吧。此時鬧彆扭的話，就無法留下任何回憶，只會留下「爸爸被公司炒魷魚，放棄了這個家」的悲慘事實。

「好～休息一下吧。等等再去找她們，先來想等一下要在哪裡拍吧。」

隆平讓陽太和喵喵留在二樓玩耍，獨自下樓走進客廳。

春惠坐在廚房地上，將收在流理台下櫥櫃的鍋子、餐具和收納盒拿出來，區分哪些要帶到新搬的公寓，哪些要處理掉。

發現隆平過來後，她依舊背對著隆平，有些落寞地笑道：「像這樣整理之後，才知道有很多不要的東西呢。」

「欸……要不要來拍張照？」

「拍了也沒意義啊。」

「可是家裡難得有貓，而且開始認真準備搬家之後，家裡的氣氛也會改變啊。我還是想用平常生活的感覺留下一些照片或影片……」

「沒必要留那種東西吧。」

「怎麼能說這種話呢？回憶是很重要的，如果連我都不想留念，那就什麼也不剩了啊。」

「就說不用留了。」

昨晚的對話再次上演——但這次隆平嘆了口氣坐在地板上，將昨晚沒說的話說出口。

「妳還記得《岸邊的相簿》這部連續劇嗎？喏，就是山田太一編劇，杉浦直樹跟八千草薰，還有誰來著，國廣富之演的那一部。」

「嗯……應該有看過重播。是整個家被洪水沖走的故事吧？」

「對。妳還記得最後一幕嗎？」

「不是被洪水沖光了嗎？」

「是沒錯……但家族相簿留下來了。」

在洪水來襲之前，那一家人的心早已各分東西，連象徵著微小家族幸福的家都被洪水沖垮了。

可是——家人還剩下相簿。

劇裡沒有提到洪荒過後，那一家人變成什麼樣子。

「可是我覺得，那一家人應該有辦法重拾感情。相簿還在，就代表回憶還在。我覺得只要有回憶，無論處境再怎麼艱辛，家人都可以重新來過……」

春惠沒有回答，但她原本要從箱子拿出在別人婚禮收到的餐具組禮物，手卻停了下來。

「我不是次男嗎？」

「……話題跳太快了吧。」

「還是一樣的話題。因為我是次男，小時候的照片比哥哥少很多。哥哥到上小學前就有兩本相簿，我從出生到小學畢業的照片卻只用一本就裝完了。」

「這種事很常見呢。」

「我沒有因此鬧脾氣，也不會羨慕哥哥，可是自己通常不會記得小時候的事吧？都是看到照片之後，才會知道原來發生過這些事。所以照片不多，就代表回憶也不多……這樣真的，很寂寞啊……」

總有一天——就算是很久以後也無所謂，隆平希望總有一天，全家人能打開相簿或播放錄影帶，笑著回顧「有貓在的家」。笑著說「當時還真辛苦耶」，再露出更幸福的笑容說「但現在很幸福」。

所以，無論如何都必須留下有形的回憶。

話題到此結束。

隆平刻意不讓話題繼續，默默等待春惠的回答。

但春惠還是不發一語，繼續整理餐具，甚至沒有回頭看他。

「欸……」

「不好意思，我今天很忙。下午一點左右回收業者會來。」

「只拍一張照片就好。妳說要拍的話，美雪也會答應的。」

春惠的肩膀徹底垮了下來。
還嘆了一口氣。
「這只是虛假的回憶吧？別再搞這些事了，反而覺得更空虛。」
結果還是回到跟昨晚一樣的僵局。
隆平也咂了聲舌，嘆了一口氣。
「我這麼說你可能會生氣，但與其思考回憶這種東西，應該還有更重要的事得做吧？如果你能……更努力找到下一份工作，我跟美雪會更開心。」
「求職中心休息啊。」
「禮拜六應該有開吧？」
「……我不清楚。」
「真要說的話，現在是週末，大部分朋友都會在家吧。如果是我的話，就會去找他們商量，不管要跑幾家都行。」
隆平腦海中浮現出昨天見過的大學朋友的臉。
那種融合了警戒、厭惡與悲哀的淺笑表情——依舊歷歷在目，不管他當時是否真的有過那種表情。

「我也不是自願被資遣的啊。」

隆平的聲音充滿了怒氣。

「這我也知道。」背對著他回話的春惠，語氣也帶了點刺。

正當隆平準備起身離開時——電話響了。

是房仲公司打來的。

說是——可能找到買家了。

「對方說現在就要過來看看。」

春惠忘記按保留鍵，也忘了要用手擋住聽筒，用有些困惑的語氣這麼說。

他們在附近看了其他物件，卻不是很滿意，原本打算打道回府，業務就建議：「其實昨天剛估完一個物件……」

「怎麼樣？仲介契約還沒正式簽訂，其實沒什麼差……但他說對方難得都到附近了，問我們意下如何。」

「可是家裡都沒打掃啊。」

「他說沒關係，反正之後會重新裝潢，總之想讓對方先看看採光和格局。」

打掃是一回事，重點是他還沒做好心理準備。

萬一對方看中了這個家，價格方面也能談攏……那就真的決定要放下這個家了……不對，這應該是正合我意才對……如果錯過這個機會，可能連來參觀的客人都沒有……

「請對方過來吧。」

隆平這麼說，春惠也點頭說：「也好。」表情卻有些寂寞。隆平心想：我現在應該也是這個表情吧。

跟這個家道別的時刻，或許就像這樣，比想像中來得還要快。

三十分鐘後會來到這個家的不是洪水，而是房仲公司的廂型車。

回憶相簿都還沒完成啊——

「貓怎麼辦？」

「咦？」

「我們沒跟房仲說有養寵物啊。如果家裡有養貓狗，買家確實會減少……」

「帶牠出門呢？」

「搞不好會逃走啊。」

「有陽太陪著就行了吧。」

「那樣太危險了。如果貓忽然暴衝，陽太追過去碰上車禍怎麼辦？」

「……那我也跟他去吧。」

「你在說什麼啊，賣家當然要在場啊。我跟你都必須待在家裡才行。」

那——

就只有一個答案了。

春惠往天花板瞥了一眼，自言自語地說：「雖然不太可能，但我去問問看吧。」就上樓去美雪的房間。

隆平也看著天花板心想「拜託妳了」，祈禱美雪願意乖乖出門。不只是貓的問題，他希望美雪和陽太都到外面去。他不想讓孩子看到別人打量這個家的眼神，也不想讓他們看到父母只能對別人鞠躬哈腰的模樣。隆平也做好心理準備，如果美雪堅持要待在房間，就只能用這方法說服她了。

他聽到下樓的腳步聲，沒想到這麼快就聊完了。

「怎麼樣？」

「嗯，沒問題，她正在換衣服。陽太也把貓放進貓籠了。」

「這樣啊……」

「她說不想看到買家的臉。」

隆平默默點頭。與其說是「點頭」，其實這動作更像「低頭」或「垂頭喪氣」。這對父女的想法總是相左——唯獨這種時候卻意見一致。

來參觀的客人是個四人家庭。跟隆平和春惠一樣四十幾歲的雙親，還有兩個孩子——不但是姊弟，年紀也跟美雪陽太差不多。簡而言之，就是跟隆平家一模一樣的家庭要來買房。

隆平真心覺得，幸好美雪不在家。

而且隆平都已經做好覺悟了，對方那一家人卻用更失禮的視線打量這個家。

女兒還說：「咦～感覺跟想像中差很多耶～」感覺是個任性又壞心眼的孩子。

站在沙發上用力亂跳的兒子，看起來胖嘟嘟的，應該是受盡寵愛的孩子。

那對父母當然沒有指責孩子們的無禮舉動，還到處敲牆壁，用手指滑過柱子的刮痕竊竊私語。

好像不太滿意啊。雖然聽不見他們的聲音，但從妻子搖頭的樣子就能感受到。

「從車站過來要搭公車吧？」

丈夫詢問春惠。

春惠點點頭正準備要說「五分鐘」，隆平就打斷她搶著回答：「走路也只要十分鐘就會到。」

「庭院感覺很潮溼耶……這裡採光怎麼樣？」

面對妻子的疑問，隆平回答：

「唉呀，中午前日照都滿強的，是因為剛剛才在庭院灑過水啦。」

真是沒用。

但哪怕只有一圓也好，一定得提高價錢賣出去——先不談價格，應該說一定得讓對方有意願購買才行，畢竟這是隆平作為一家之主的最後一項任務。

女兒用手肘碰了碰母親。

還抬起下巴示意要看二樓。

「那能讓我們看看二樓嗎？這孩子也很期待小孩的房間會是什麼樣子。」

真的慶幸美雪不在家。

所有人走上二樓。

看到美雪房門上掛的「K書中！」牌子，女兒低聲笑道：「有夠土～」

隆平真想一巴掌搧她後腦勺，但拚命忍住了。

女兒打開房門。

看到這種一點禮貌都沒有的開門方式，春惠也有些生氣，隆平也看出來了。

可是——

隆平和春惠的表情在踏進房間的那一刻就徹底凍僵。

床旁邊的牆上有一行用粗麥克筆寫的字。

「想買這個家的混帳，準備倒大楣吧！」

4

參觀的客人氣呼呼地回去了。

房仲業務離開前也留下一句話。

「這輩子也沒幾次賣房的機會，建議全家人再好好溝通一下吧？」——他勉強露出客套的微笑，但言下之意就是「我懶得幫你處理這件事」。

玄關大門關上後，春惠癱坐在玄關台階上，努力陪笑和處處顧慮似乎讓她精疲力盡。

「……真是敗給她了。」

這聲低語聽來有些洩氣，還帶著幾分淺笑。

「那個擦不掉吧，得把壁紙全部換掉才行。」

隆平回答時也像是靈魂被掏空一樣，聲音都變尖了，感覺虛軟無力。

意料之外的大筆開銷——不，錢的問題也就罷了，一想到美雪是帶著悲傷和懊悔的心情在牆上寫下那種文字，他就悲痛難忍。

春惠問：「怎麼辦？」

「什麼怎麼辦？」

隆平反問後，春惠隔了一會才低聲說道：「沒什麼。」

「……只能繼續賣啊。」

「我知道啦。」

「不管美雪怎麼說，我也無能為力。」

「唉唷……就說知道了……」

「找其他房仲公司吧。」

這次春惠沒有回答。

「找業者替換壁紙太花錢了，我來處理看看。百貨賣場應該有在賣吧。」

春惠依舊沉默不語。

隆平也嘆了口氣走回客廳。

此時傳來貨車引擎聲，隨後還有倒車警示聲。

是資源回收業者的貨車。

春惠用遲鈍又沉重無比的動作站起身，露出落寞的笑容說：「中途有人來攪局，害我根本沒辦法整理。」

根本沒辦法整理──話是這麼說，但春惠還是對走進廚房的作業員說：「請把這個拿走，還有那個也是。」陸續下達指示。不只是早上分類過的東西，連放在櫥櫃裡的東西都說「全都拿走」，可能已經自暴自棄了。

隆平半放棄地心想：這樣也好。不管再怎麼捨不得，要搬過去的公寓收納容量也有限，不可能把家裡的回憶全部帶走。

春惠請業者明天再來回收一趟。明天要整理客廳的收納櫃，還有──她轉頭朝隆平問道：

「欸，沙發也請他們一併帶走好嗎？」

隆平瞬間猶豫了。

離搬家還有一段時間，雖然會塞得很擠，但搬到公寓或許有地方放……不，還是沒辦法吧。

隆平默默點頭。

春惠用比想像中還要乾脆的語氣跟作業員說：「那明天就麻煩你們把沙發帶走。」

「要明天再搬嗎？」

染了一頭金髮的作業員問道。

「咦？」

「那個，今天也可以喔，貨車還放得下。」

「……是嗎？」

「是啊。這組沙發體積也不大，加上桌子也完全沒問題。」

只要他們點頭，似乎就能馬上搬出去。

春惠瞄了隆平一眼，隆平有些逃避地別開目光。

全都聽妳的吧——他也知道這只是在逃避現實。

「如何？」

被作業員催促後，春惠才將視線拉回來說：「不好意思……還是明天再搬吧……

應該說，我們還不確定明天是否要拜託你們來收，請容我稍後再致電……」

春惠深深低下頭，不斷重複「抱歉」二字。見她舉止如此慎重，作業員反而覺得過意不去，急忙嚇得說道：「不，真的沒關係，對，我們都能配合。」

玄關外傳來陽太的聲音，還有美雪的聲音。

「欸，客人是不是回去了啊？」「回去了吧？貨車都來了。」「妳覺得賣出去了嗎？」「我哪知道啊。」「沒賣掉會很傷腦筋吧？」「我不是說我不在乎嗎？吵死了，笨蛋陽太。」……

在那之後，作業員默默地繼續工作。春惠和隆平完全沒有眼神交流，也沒對走進客廳的美雪多說什麼。

喵喵應該不可能察覺到剛剛家裡發生了什麼事，但客廳的沙發似乎成了牠最喜歡的地方。

「怎麼說呢～牠明明昨天才來，卻有種十幾年前就在這個家的感覺耶？該說牠適應力很強嗎？真的很自然耶。」

確實如陽太所說。

喵喵睡在兩人座沙發正中間的模樣，就像從好久以前就司空見慣一樣。

翻開以前的家族相簿，搞不好能在褪色的相片中找到喵喵的身影……

怎麼可能啊——隆平露出苦笑，茫然地抬頭看向天花板。

春惠剛剛去了美雪房間，一直沒有回來，兩人正在促膝長談。正因為大概能猜到話題內容，所以他不想刻意深究。

「欸，爸爸。」

陽太開口了。

隆平回了聲「嗯？」，陽太才稍稍壓低音量繼續說道：「姊姊白天的時候跟我說……」

「美雪說什麼？」

「她說喵喵的工作就是住在別人家裡，馬上就會忘記待過我們家的事，根本不會記得……是真的嗎？」

是真的。

雖然是真的——隆平卻不希望她說出口。

「搞不好會記得喔。」

隆平強顏歡笑地說。

「貓本來就是聰明的動物，能成為毛毯貓的都是特別聰明的貓，所以爸爸覺得牠會記得。」

「是嗎？」

「嗯……應該啦。」

「可是姊姊說，聰明的人很容易忘記耶。」

美雪似乎是用茶碗為例向陽太說明。人類的心就像茶碗，沒辦法承載無窮無盡的回憶。如果沒把該忘掉的事忘了，回憶就會滿溢而出。

「所以她說，聰明的人記得快，忘得也快。」

「嗯……」

「笨笨的人只會記那些不重要的小事，用來記住重要事情的空間就越來越少。」

「這、嗯……也對。」

「姊姊說，她會把這個家的事情全部忘掉。」

冷汗從背脊滑落而下。

「之後要搬去的公寓新家，她也不會記得。」

喉嚨深處像是抽筋般不斷緊縮，讓他難以呼吸。

「她還說，我不太會讀書嘛，才會把這個家和之後的公寓新家都記在腦子裡，記不住重要的事，以後會很辛苦……。」

陽太似乎沒聽懂美雪的話中含意，才會用事不關己的悠哉語氣這麼說。

這——這算是唯一的救贖了吧。

隆平將手伸向放在桌上的數位相機說：「忘了也沒關係啊。為了在忘掉之後還能想起來，才會像這樣拍下照片。」

「我才不會忘呢。」

陽太有些不服氣地說。

隆平苦笑著心想「也對」，便將準備使用的相機放回原位。

沒辦法為孩子創造永難忘懷的回憶，是為人父母最懊悔、難過、落寞和感傷的事——他是這麼想的。

但身為比孩子活過更長歲月的沒用大人，隆平也會這麼想。只想留下自己想要的回憶，或許有點太自私了。

他再次拿起放回原位的相機，將鏡頭轉到反方向。液晶螢幕照出隆平自己的臉，一點笑容也沒有，這也沒辦法。可是裝不出笑容也是一種回憶啊——他用這句話說服自己，並按下快門。

抱著喵喵回到自己房間的陽太，在晚上將近十點時臉色大變地衝下客廳。

「爸爸、媽媽，怎麼辦……」

他用帶著哭腔的聲音這麼說。

說是——喵喵的毛毯不見了。

「我本來想讓牠睡覺，結果一打開貓籠，就發現毛毯，不見了。喵喵看到之後也忽然緊張失控，在房裡到處亂跑亂抓……」

他的手背和手臂上有抓傷的痕跡。

春惠問：「白天你不是帶牠出門了嗎？那時候沒把毛毯拿出來？」

沒有、沒有——陽太不停搖頭。

「那就不可能不見啊。」

「可是真的沒有嘛！」

「一直放在貓籠裡嗎？」

「一直在裡面！」

隆平也問：「是不是回家之後拿出來的？」

「就說沒拿了！我根本都沒有碰過貓籠啊！」

隆平和春惠面面相覷。

腦中想到的——只有一種可能。

隆平對開始哭泣的陽太說：「等我一下。」就站起身，春惠則制止他說：「還是我去吧。」

「沒關係，我也去。」

「你先看看陽太的傷勢。」

「嗯，可是……」

「你出面的話，她反而更會鬧彆扭。」

被如此斷言，隆平也無言以對。

春惠再三強調「別擔心」，就走出客廳了。

這時——卻傳來下樓的腳步聲。

春惠停下腳步，隆平也繃緊身子。

美雪站在客廳門口。

用冷靜又帶著挑釁的表情跟聲音說：「你們在找貓的毛毯吧？」

春惠問：「妳知道在哪嗎？」美雪就輕輕點頭，彷彿在說「嗯，應該吧」。

隨後她又用比這個動作更輕佻的語氣，笑著說：「我丟了。」

「丟了……丟在哪裡？」

「公園啊，後面不是有一片樹林嗎？我就隨手丟在那裡了。」

說完還「呵呵」笑了一聲。與其說毫無悔意，更像是徹底豁出去了，也像是在測試他們的反應。

隆平緩緩調整呼吸，壓抑激動的心情說：

「……為什麼要這麼做？」

「因為很臭啊。」

「那就是貓的味道啊。爸爸一開始不是有說嗎？沒有那條毛毯，喵喵會不知所措。」

寵物店店員也跟他說，租借貓之所以能在各個人家暫居，就是因為有那條毛毯。

「很好啊，就讓牠不知所措。」

「……美雪，妳知道自己在說什麼嗎？」

「我要讓牠試著不靠毛毯生活。」

「美雪！」

春惠轉過頭說：「老公，別這樣。」隆平還是繼續說道：

「妳不想搬家可以，要恨爸爸也是妳的自由，但不要把氣出在無關……比自己還要弱小的人身上！」

「爸爸不也是這樣嗎！」

「……妳說什麼？」

「因為自己沒用才被公司裁員，淪落到必須把房子賣了……最傷腦筋的是我跟陽太吧！借什麼貓啊，一點意義都沒有！」

隆平畏縮了，完全無話可說。

這時美雪又說出更刺傷人心的話。

「你是父母，就做點父母該做的事！不要讓小孩覺得難堪啊！」

隆平垂下視線，咬緊嘴唇，對無可反駁的自己充滿懊悔與憤怒。

「借貓回來根本沒有意義！那只是你的自我滿足吧！別以為這就是身為父母該對我跟陽太做的事！」

現場忽然響起拍打臉頰的清脆聲響，蓋過了美雪的聲音。

春惠打了美雪一巴掌。

「別再說了。」

「……這一巴掌應該打在爸爸臉上吧？去打他啊，我才是受害者吧！」

春惠又打了一巴掌——比剛才還要用力。

這次美雪沒有再回嘴了，她瞪大雙眼摀著被打的臉頰，目不轉睛地盯著春惠。

春惠將手放下。

她「呼」地嘆了口氣，放鬆肩膀力道後，用平靜的語氣說：「沒辦法啊，因為是家人，所以沒辦法。」

這對美雪和隆平來說，都是超乎意料的一句話。

見美雪默不作聲，春惠將這句話又重複了一次。

「沒辦法啊，因為是家人。」

美雪不服氣地將臉轉向一旁。

側臉卻已經沒有鬧脾氣的情緒了。

「妳想看看沒有毛毯的貓會有什麼下場嗎？」

「……沒有啊。」

「媽媽滿想看的。」

美雪將視線移回春惠。

「嗯。」春惠點點頭肯定自己的說詞。「失去最重要的東西時，喵喵會變成什麼樣子，媽媽還滿想看的。」

美雪沒有回話。

但隆平覺得——這是默認的反應。

「可是啊。」春惠繼續說道：「貓只會很困擾而已，非常非常困擾。」

「……是嗎？」

「嗯，這就是貓跟人類的差異。」

「……所以呢？妳想說什麼？」

「貓失去重要的東西後，只會覺得困擾，但人類不一樣。就算失去重要的東西，也能當成回憶，繼續尋找其他重要的東西。人類會自己去尋找。」

美雪本想回嘴，卻沒發出聲音，不安分的嘴巴馬上就緊閉了。

「讓只會困擾的貓傷透腦筋，很好玩嗎？」

美雪低下頭，輕輕搖頭否認。

「而妳明明是人類，卻只顧著困擾和消沉，這樣好嗎？」

美雪又搖搖頭。

「去把毛毯找回來吧。」

春惠笑著說。

失去毛毯的喵喵比想像中還要慌亂，喉嚨不停發出低吼，偶爾還會發出「呼嘎」的叫聲，在陽太房裡四處走動，跳來跳去，用爪子撓抓牆壁。

原本想把牠放進貓籠一起帶去公園，卻連抱起牠都成問題。

陽太說：「我留下來看家。」但如果喵喵變得比現在還要亢奮，陽太一個人也應付不來吧。

「沒關係，那媽媽也一起留在家裡。」

所以——就變成美雪和隆平要到公園去。

聽春惠這麼說，美雪頓時將臉皺緊。

卻沒有說出「我不要」這三個字。

「走吧。」隆平這麼說。仔細想想，從決定要賣房之後，這還是第一次跟美雪單獨相處。

他已經做好氣氛尷尬的心理準備了。
好不容易敞開些許的心房，或許又會緊緊閉上。
但他覺得只能跟美雪一起去，而且也必須去。
美雪先走出玄關。
走到門邊後，她轉頭看向自家輕笑一聲，似乎覺得很可笑。
隆平原本想穿拖鞋，但思考了一會，就換成很少穿的慢跑鞋。
他想好好走完這一程。
這或許會變成在這個家度過的歲月中，父親與女兒的最後回憶。
「好，那就出發吧。」
隆平走到外面的馬路後，美雪晚了幾步才跟上他。
「欸……」
「嗯？」
「有沒有從外面拍這個家的照片？」
被她這麼一說，隆平才發現這件事。

這個週末在家裡拍了好幾張照片，卻沒有拍下外觀。

「明天來拍吧。」

隆平這麼說，又有些猶豫地說道：「大家一起到外面拍張紀念照吧。」大家——

當然也包含了美雪。

美雪冷冷地說：「我才不管明天怎樣，但總之別忘了拍。」

隆平抬頭仰望夜空，用沉默代替回答。

星星出來了。

隆平對星座一竅不通，可是看著星星，哪怕只有一點點，卻感覺能用大一點的格局來思考了。

十年後。

二十年後。

打開在這個家拍攝的家族相簿時，大家會不會面帶微笑呢——

他希望全家人都能露出笑容。

為此——

「欸，美雪。」隆平依舊仰望著夜空說：「爸爸會再次站穩腳步，努力拚一回。」

美雪沒有回應。

隆平疑惑地轉過頭，才發現美雪早就急忙往前走了。

搞什麼啊妳，我好不容易才下定決心耶……

隆平微微噘著嘴追在美雪後頭。一步、兩步、三步……到第十步追上她時，美雪就指著公園後方的樹林，樹蔭下放著一個購物袋。

「……我沒有丟，只是藏起來而已。」

隆平什麼也沒說，只是默默與她並肩前行。兩道人影貼近又分開，追過又被追過。

遠方某處傳來流浪貓的叫聲。

沒有毛毯可以裹身的流浪貓，今晚會做什麼樣的夢呢——

他忽然想到這件事，眼眶深處就湧現一股熱流。閉上眼後出現的小小夜空中，緩緩浮現出一道流動的銀河。

寫給日本文庫版的後記

讓我們從童話故事開始說起。

《桃太郎》和《輝夜姬》算是劇情規模偏短的故事，情節進展通常很快，沒有太多拖沓和糾葛。而且說穿了，如果不是充滿跌宕起伏的精彩情節，甚至不會提及隻字片語。

無論是《桃太郎》還是《輝夜姬》，都有一個共同的設定，就是老夫婦身邊某天忽然出現一個嬰兒。藉由插畫的輔助，也能清楚描繪出老爺爺或老奶奶遇見嬰兒當下有多震驚。然而在那之後——說到開頭~急速進展之前的那段故事，說書人的熱情就會大幅下滑，桃太郎決定踏上鬼島，還有輝夜姬變成絕世美女前的那些日子，就會用「後來時光飛逝，桃太郎（輝夜姬）沒過多久就長大了」這種方式快速帶過。

我知道童話就是這樣，但我這個人可能有點（不對，是超級）古怪吧，童話說書人省略的那段故事讓我好奇得不得了。

畢竟養育他們的是老爺爺和老奶奶啊。他們沒有子孫嗎？或者有但住在遙遠的村里？無論如何，他們應該都過著寂寞又簡樸的生活吧。這時上天真的送了個禮物，有個嬰兒出現了，他們應該十分困惑又不知所措吧。不但要鞭策年老的身軀養育孩子，在貧困的生活中還得多一張嘴吃飯，老爺爺和老奶奶也很辛苦吧。

為什麼要把桃子帶回家，為什麼要把竹子砍下來——他們心中肯定有過這樣的懊悔，或許也差點被「乾脆扔回河流或竹林裡比較輕鬆」的誘惑所驅使。

可是老爺爺和老奶奶還是努力撐過來了。沒有屈服於意料之外的生活劇變，將桃太郎或輝夜姬好好扶養長大。「沒過多久就長大」中的「沒過多久」到底有多辛苦，光想像就讓我胸口發熱。

我眼前已經浮現出兩人看著嬰兒的睡臉，談論「我也要多活幾年才行呢」、「是啊，至少在這孩子娶妻（出嫁）之前都要健健康康」的情景。當孩子一臉天真地問「我爸爸在哪裡呀？」、「我沒有媽媽嗎？」，老夫婦無法用言語回答，只能默默抱緊孩子的模樣，也在腦海中清晰浮現。

正因為經歷過這些日子，才會產生擊退惡鬼的桃太郎將財寶帶回老爺爺老奶奶身邊的必然性（依照現在這種劇情模式，不就跟某個超大國一樣，只是自以為正義的掠奪者嗎），輝夜姬回到月宮時的分離場面也會更加悲戚。我們感動落下的淚水明明能更加滾燙，結果情節安排一點也不謹慎。《桃太郎・青雲篇》或是《輝夜姬・少女篇》——我真的要來寫喔。

儘管如此，那對老夫婦為何願意扶養忽然來到家裡的嬰兒？為何會養育跟自己沒有血緣關係的孩子？

對老爺爺和老奶奶而言，桃太郎不是冒險武劇的英雄，輝夜姬也不是來自月宮的絕世美女，而是上天忽然賞賜給兩老的「明天」，是讓寧靜寂寞的每一天頓時變得朝氣蓬勃的「希望」。

我相信是如此。

本作《毛毯貓租借中》的設定，其實（以作者本身的認知而言）也跟《桃太郎》和《輝夜姬》相似。

在日常生活中忽然闖入「異物」，進而衍生出戲劇性的發展——這當然是常見的劇情套路，以《風之又三郎》為首的轉學生故事也都是這種模式。旅行的故事也是，比起旅人本身，對迎接和送別旅人的那些人來說，與「異物」的相遇和離別才會拉開劇情的序幕。

真要說的話，這種故事情節屢見不鮮，劇情相當老套。我還是只能寫出這種理所當然的世界觀，實在非常抱歉。

但所謂的老套，就表示有這麼多人會不斷接觸。以門把為例吧，轉了也打不開門的門把，人們只要碰過一次就不會再碰第二次。反思，若門把上沾滿了手垢，就證明只要轉動門把就能開門，打開門後映入眼簾的世界應該也沒這麼糟，所以人們才會一次次轉動同樣的門把，打開同一扇門吧。

集結七個短篇故事的《毛毯貓租借中》這扇門後頭，又會呈現出什麼樣的世界呢？這應該不是作者該談論的話題。

對《桃太郎》和《輝夜姬》的老夫婦而言的「異物」——如同在桃子或竹子中的嬰兒代表「希望」，在《毛毯貓租借中》中登場的貓咪們，對各篇故事的主角來說，又會變成被替換成哪種詞彙的「異物」呢？作者當然只能將決定權交給各位讀者，但如果可以的話，我衷心希望是類似「希望」的詞彙。

這七篇故事都會刊登在asahi.com網站上。第一次刊登時要感謝宇佐美貴子小姐，單行本出版時要感謝矢坂美紀子小姐，真的受到兩位許多關照。這次以文庫本形式出版時，不辭辛勞幫忙編輯的則是伏見美雪小姐，真的非常感謝您。此外，除了負責裝幀的高野文子小姐，我也要由衷感謝在本書問世前提供協助的各方人士，最重要的，當然是每一位讀者。

二〇一〇年十二月　重松清

春日
ハルヒブンコ
文庫

167

毛毯貓租借中

ブランケット・キャッツ

毛毯貓租借中 / 重松清作 ; 林孟潔譯. -- 初版. -- 臺北市 :
春天出版國際文化股份有限公司, 2025.07
面 ; 公分. -- (春日文庫 ; 167)
譯自 : ブランケット・キャッツ
ISBN 978-626-7735-23-7(平裝)

861.57 114007855

ISBN 978-626-7735-23-7
Printed in Taiwan

作　者　重松清
譯　者　林孟潔
總編輯　莊宜勳
主　編　鍾靈

出版者　春天出版國際文化股份有限公司
地　址　台北市大安區忠孝東路4段303號4樓之1
電　話　02-7733-4070
傳　眞　02-7733-4069
E-mail　bookspring@bookspring.com.tw
網　址　http://www.bookspring.com.tw
部落格　http://blog.pixnet.net/bookspring
郵政帳號　19705538
戶　名　春天出版國際文化股份有限公司
出版日期　二○二五年七月初版

定　價　480元

總經銷　楨德圖書事業有限公司
地　址　新北市新店區中興路二段196號8樓
電　話　02-8919-3186
傳　眞　02-8914-5524
香港總代理　一代匯集
地　址　九龍旺角塘尾道64號 龍駒企業大廈10 B&D室
電　話　852-2783-8102
傳　眞　852-2396-0050